Thomas Hartl • Mirjam Zels

Fauststarker
HERZSCHLAG

KUNSTANST!FTER

1

Meine Fäuste liegen auf dem Tisch. Die unteren Kanten meiner Hände schmerzen, vor allem an der Stelle, wo die kleinen Finger in die Handflächen übergehen. Die Haut dort ist verkrustet und dunkelrot. Bald werden Fetzen abgehen und neue, frische Haut wird rosa leuchten. Ich hasse das. Babyhaut. Babyhaut ist dünn, man muss damit vorsichtig sein. Ich kann damit nur unter Schmerzen trainieren und sollte heute auf nichts schlagen. Ich öffne die Fäuste und lege die Hände flach auf den Tisch. Ich nehme den Blick von meinen Händen und schaue mich um. Vorn im Raum steht ein Lehrer, sicher der Klassenlehrer, ich weiß nicht, wie er heißt, ist mir auch egal, er sieht ganz akzeptabel aus, dürfte nicht unangenehm sein, der Typ. Wahrscheinlich ein Weichei, der auf Kumpel macht. Strickweste, runde Brille, Locken. So wie die Lehrer im Fernsehen aussehen. Vielleicht hat er zu viele Lehrerfilme gesehen und glaubt, er muss wirklich so rumlaufen. Heute würde niemand freiwillig so aussehen, außer Lehrer. Die Netten sind manchmal die Ärgsten. Sie schleimen sich ein, und wenn man dann nicht mitmacht und nicht ihr Freund sein will, dann werden sie unangenehm. Beleidigt sind sie dann. Bei der nächsten Gelegenheit lassen sie dich spüren, dass sie auch anders können. Na, sollen sie doch.
Und es stinkt. Hier drinnen stinkt es erbärmlich. Als kämen alle vom Sport, dabei ist das die erste Stunde. Die erste Stunde am ersten Tag im neuen Schuljahr. Toller Moment, ein Höhepunkt in meinem obergeilen Leben. Muss ich mir in mein Tagebuch schrei-

ben. Sitze mit einem Haufen Stinker auf wackeligen Holzstühlen und weiß nicht, warum. Verbessert hat sich für mich wenig, wenn ich mich so umschaue. Das Klassenzimmer ist viel kleiner als in der alten Schule. Gelbe Wände mit dunklen Schleifspuren, und der Putz bröckelt ab. Vier hohe Fenster, deren Rahmen einmal weiß waren. Hinter Lockenkopf hängt eine grüne Tafel an der Wand, wie in der Grundschule. Ultramodern. Und die Fenster sind geschlossen. Draußen ist Sommer, aber die Fenster sind zu. Was soll man da sagen? Nase zu und durch? Wenn ich mir diese ganzen Typen ansehe, kein Wunder, dass es so stinkt.

Der eine, er sitzt in der linken Bank von mir aus gesehen, sieht aus, als kommt er grad aus einem Stall vom Schweinefüttern, rote Backen und massig Dreck unter den Fingernägeln. Immerhin, riesige Hände, gut zum Kämpfen, aber dem fehlt die Power. Der ist weich wie Pudding. Ein Schwabbelarsch, wiegt locker siebzig Kilo. Der geht beim ersten Schlag in die Knie.

Der Typ direkt vor mir ist ein anderes Kaliber. Ein Tier. Stiernacken, breiter Rücken, kurze blonde Haare, aufgestellt wie die Stacheln eines Igels. Und die anderen Typen, irgendwie sehen die alle anders aus als die in der alten Schule. Erwachsener. Ich bin noch dreizehn, aber die meisten hier sehen aus wie vierzehn oder fünfzehn, vielleicht schon sechzehn. Wohl schon einige Male sitzen geblieben. Fragt sich, wie man in einer Hauptschule sitzen bleiben kann. Sitzen bleiben in einer Hauptschule, da gehört schon was dazu. Aber jetzt sitze ich ja selbst unter diesen Leuchten. Eine Leuchte unter Leuchten. Jedenfalls, ganz schön groß sind ein paar von denen, und Muskeln haben sie auch schon. Sind sicher die Helden im Sport. Sollen mich bloß

Der
Schweinefütter-
Typ

in Ruhe lassen. Können was erleben, wenn nicht. Hab zwar noch wenig Muskeln, trainiere ja auch erst seit ein paar Wochen, aber ich halte was aus. Auch meine Hände halten was aus. Von Tag zu Tag mehr. Das bisschen Blut lohnt sich. Sie werden immer härter. Genau wie ich. Was ist los, warum drehen sich alle zu mir um? Lacht nicht so blöd!

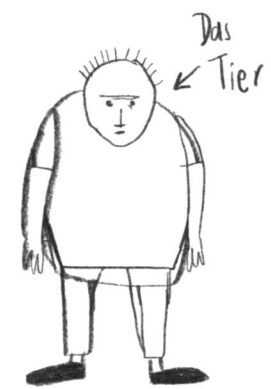

Das ← Tier

„Möchte der Neue uns seinen Namen verraten?"

Der Lehrer redet offenbar mit mir, und die ersten Deppen lachen schon. Auch die Mädchen grinsen, sollen sie doch.

„Lukas Meinrad", sage ich.

Leider kommen die zwei Worte viel zu leise und schüchtern aus meinem Mund, so als müsste ich mich für was schämen. Super gemacht Luke, echt. Toller Einstand. Ganz toller Anfang hier bei den Deppen.

„Lukas Meinrad. Wir begrüßen dich hier bei uns in der Klasse, ich hoffe, du wirst dich schnell eingewöhnen und Freunde finden. Und ihr, Mädels und Herrschaften, werdet Lukas freundlich willkommen heißen."

Der Lehrer, ich weiß immer noch nicht, wie er heißt, strahlt in die Klasse, so als würde es wen interessieren, was er sagt.

„Hallo Lukas", sagen sie im Chor, ich höre aber auch andere Worte. „Hallo Heini" oder so was, na egal.

Alle schauen mich an, grinsen, stecken die Köpfe zusammen. Ich sollte jetzt vielleicht was sagen, aber was? Alles, was ich zustande bringe, ist eine Grimasse, die wie ein Lächeln aussehen soll, aber sogar ich weiß, dass es bloß bescheuert aussieht. Gott, lass die Glocke läuten. Ah, mein Banknachbar ist auch neu, wir haben noch kein Wort miteinander geredet außer Hi. Sieht aus wie ein

Araber. Kann der überhaupt Deutsch? Ist mir zwar egal, ich hab nichts gegen die, solange sie mich in Ruhe lassen. Jetzt muss der sich vom Lehrer anquatschen lassen, wie heißt der? Ali bin was? Na egal, Hauptsache, er ist jetzt an der Reihe und nicht ich.

Ali Baba sieht mir nicht aus wie ein heißer Typ, eher wie ein Loser. Krauskopf, schwarze Augen, schwarze Haare, eine Haut wie dunkelgrüne Oliven. Jetzt lachen sie über ihn, aber weniger nett als über mich. Das Tier hat sich umgedreht und hat ein Grinsen im Gesicht, das nicht gut aussieht für Ali Baba. Na, vielleicht täusche ich mich ja.

2

„Luki-Luke! Alles klar? Wie war's in der Schule?"
Ich habe mich ins Haus geschlichen, um Papa nicht bei der Arbeit zu stören, an die er sich vielleicht wieder mal gewagt hat. Und, um ehrlich zu sein, weil ich meine Ruhe haben will.

Papa ist Schriftsteller und sitzt viel in seinem Arbeitszimmer rum, starrt aus dem Fenster oder auf den Bildschirm.

Früher hörte man das Geklapper seiner Tastatur stundenlang und jeden Tag. Jede Menge Bücher hat er schon geschrieben und auch massig Preise dafür gewonnen. Ich lese die Bücher nicht, sie handeln von Nazis und so altem Zeugs, und wenn ich Papa frage, warum er nicht mal was Interessantes schreibt, sagt er, für das Nazizeugs bekomme er Preise und Stipendien und das würde mehr Geld bringen als andere Sachen. Aber das mit dem Schreiben ist sowieso vorbei, so wie's aussieht. Ich hab schon Ewigkeiten nichts mehr aus Papas Zimmer gehört, was nach Arbeit klingen würde.

Aber vielleicht denkt er ja nach über ein neues Buch und beim Denken will ich ihn nicht stören, darum schleiche ich jetzt also hier rum. Er hat mich aber längst gehört und kommt aus dem ersten Stock unseres Hauses die Treppe herunter.

„Luki-Luke!", ruft er. Luki-Luke nennt er mich nur, wenn er gut gelaunt ist oder mich aufmuntern will. Ich setze mich an den Esstisch, und er stellt mir eine Limo aus dem Kühlschrank vor die Nase. Als ob ich das nicht selbst könnte.

„Also, wie war es?"

„Gut."

„Wie sind die Lehrer, die Kameraden?"

„Weiß nicht. Wir hatten ja erst eine Stunde. Ich würde jetzt gern essen."

„Komm, erzähl schon. Ist jemand dabei, der ein Freund werden könnte? Nette Mädchen?"

„Kann schon sein. Weiß nicht." Ihm zuliebe verdrehe ich nur innerlich die Augen.

„Heute um zwei müssen wir noch einmal in die Schule. Das hast du doch nicht vergessen?"

Wie könnte ich das vergessen. Zum Schulpsycho muss ich. Jetzt geht das schon wieder los. Wie in der alten Schule.

„Papa, muss das sein? Ich brauch das wirklich nicht. Bringt doch nichts."

„Es muss sein. Das ist die Voraussetzung dafür, dass sie dich überhaupt nehmen."

„Diese Idiotenschule nimmt doch jeden."

„Nicht, wenn man andere Schüler verprügelt."

„Es war doch bloß einer. Und nur einmal. Und der hat es verdient. Das weißt du genau."

„Ja, ich weiß das, trotzdem macht man es nicht. Gewalt ist nie eine Lösung. Wir sind zivilisierte Menschen und wir argumentieren und überzeugen. Wir schlagen nicht. Niemals. Ich weiß wirklich nicht, wie du auf diese Idee gekommen bist."

„Aber das ist schon Monate her. Wärm das doch nicht auf."

„Wir müssen das nicht mehr diskutieren. Du wirst ein paarmal mit dem Schulpsychologen reden und damit hat es sich dann auch. Sprich mit ihm und fertig. Ist ja nicht so schlimm. Sprechen ist immer gut. Vielleicht bringt es dir ja sogar was."

Ja sicher. Tolle Sache. Klar. Was bitte soll mir das bringen?

Wir zucken zusammen. Die Haustüre fällt ins Schloss. Nelly. Meine Schwester ist im Moment nicht gut drauf. Pubertät sagt mein Vater dazu. Wie leidend er immer dabei schaut! Als ob ihn jemand damit bestrafen wollte. Keine Ahnung, ob es an der Pubertät liegt, aber ich bin mir nicht mal sicher, ob es die überhaupt gibt. Sicher, ein paar Haare wachsen an Stellen, wo vorher Ruhe im Karton war. Schamhaare nennt man die, und das ist ganz logisch, denn sobald die Haare da sind, schämt man sich dafür. Komische Sache. Aber soll das die Pubertät sein? Was auch immer das ist, vielleicht hat Papa recht und sie ist schuld an Nellys Veränderungen, ich weiß nicht.

Nelly und ich haben schon seit Wochen, oder vielleicht sind es auch Monate, kaum mehr als ein paar Worte miteinander gewechselt. Wahrscheinlich hat sie Stress mit ihrem Freund, falls sie einen hat. So wie sie aussieht, sucht sie wohl dringend einen. Sie rauscht an uns vorbei und stürmt die Treppe hoch zu ihrem Zimmer.

„Fräulein. Es wäre nett, wenn Sie uns nicht wie Luft behandeln", ruft ihr mein Vater hinterher. „Und wie du aussiehst!" Lange nackte Beine verschwinden hinter der obersten Treppenstufe, als er das ruft. Dass sie rumläuft wie eine Nutte, ist mir auch schon aufgefallen. Na ja, Nutte ist zu hart, zumindest sieht sie aus, als käme sie aus der Disco und nicht aus der Schule. Die hellen Haare hat sie sich offenbar noch heller gefärbt, der pinke Rock mit Karomuster geht ihr gerade mal über den Hintern, das weiße Shirt ist viel zu eng. Und wer bitte kommt mit hohen Schuhen aus der Schule? Außerdem macht sie die Schminke zehn Jahre älter. Sie hat einen guten Charakter, war mir immer eine gute Schwester, aber nichts bleibt für ewig, sie wird mir immer fremder.

„Ich muss wohl mal mit ihr reden", sagt mein Vater. Er sieht mich an, als ob ich des Rätsels Lösung wüsste.

„Aber sie spricht ja nicht mit mir. Luke, du hast auch keine Ahnung, was mit ihr los ist?"

Ich schüttle den Kopf.

„Sicher die Pubertät. Mit fünfzehn bringen die Hormone alles durcheinander", sagt er.

Sein hilfloser Blick macht die Sache auch nicht besser.

„Jedenfalls, in zwei Stunden fahren wir zur Sprechstunde. Bitte sei pünktlich daheim, falls du dich jetzt noch mit jemandem triffst."

Mit wem sollte ich mich schon treffen? Meine Freunde aus der alten Schule sehe ich nicht mehr. Ist auch kein großer Verlust. Sie gehen mir nicht wirklich ab. Die interessieren sich ohnehin nur für dämliche Spiele. Nerds. Wer mir, na ja, schon abgeht, ist Julian. Der ist weg. Wegen seiner Eltern. Die haben es nicht mehr ausgehalten miteinander und haben das Haus verkauft. Jetzt ist Julian mit seiner Mutter zu ihrer Mutter gezogen, und die lebt in den Bergen, irgendwo hinter Innsbruck. Zu weit weg jedenfalls, als dass man sich treffen könnte. Einmal hat mich Papa hingefahren und einmal hat mich Julian besucht. Das war's dann aber auch. Manchmal schreibt er mir noch was aufs Handy, aber wir wissen beide, dass das wenig bringt. Außerdem hat er jetzt eine Freundin, seine erste. Die hätte ich gern gesehen. Jedenfalls hat er jetzt was anderes zu tun, als an mich zu denken. Ginge mir an seiner Stelle genauso. Mach's gut Julian, warst ein guter Freund.

Weil es am ersten Schultag noch keine Hausaufgaben gibt und ich nichts zu tun habe, gehe ich in den Garten. Es ist ein weitläufiger Garten, der in mehreren Ebenen nach hinten in den Hang hinein angelegt ist und der an einen kleinen Wald grenzt. Von hier aus kann man unser Haus von oben sehen. Es hat ein oranges Schindeldach, so wie die Häuser in Italien, drei Wohnebenen, viele Stufen und große Glasflächen. Am Waldrand habe ich in den Ferien an eine der großen Fichten einen Boxsack gehängt.

Das Ding ist furchtbar schwer, schwarz, und hängt an klirrenden Ketten, die ich um einen dicken Ast gewickelt habe. Der Ledersack ist mit Sand gefüllt und zu nichts nütze, außer zum Eindreschen. Hier hinten ist man vor den Glotzaugen des dämlichen

Nachbarn geschützt, kein Mensch kann einem hier zuschauen. Die Boxhandschuhe lasse ich in der Wiese liegen, heute werden die Hände geschont. Stattdessen werde ich versuchen, möglichst hoch zu kicken. Aber erst mal ein paar Tritte in Höhe Körpermitte zum Aufwärmen, man zerrt sich schneller was, als man denkt. Und los. Links, rechts, links, rechts, links, rechts …

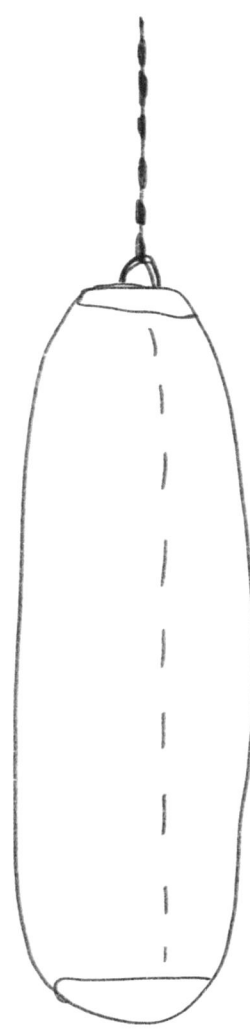

3

„Luke! Wir fahren gleich! Luke, bist du fertig?"
Papa ruft von der Terrasse aus. Ich laufe ins Haus, noch schnell
unter die Dusche, ziehe mir was Trockenes an. Beim Training vergeht die Zeit viel schneller als in der Schule. Mein Vater treibt
mich an, er ist ein superkorrekter Mensch, immer pünktlich, immer tut er, was sich gehört.
Fünf Minuten später sitzen wir im Auto und fahren rückwärts
aus der Einfahrt. Dann geht es die Straße entlang, Wohnhäuser
ziehen vorbei, einige sind gigantisch groß, superprotzig und von
hohen Hecken oder Mauern umgeben. Wenn mich jemand fragt,
wo wir wohnen, würde ich sagen, am Stadtrand in einer ruhigen
und ziemlich teuren Gegend.
Menschen sieht man hier kaum. Mal einen im Auto, selten mal
jemanden auf dem Fahrrad, vormittags joggen ein paar Frauen
durch die Alleen.
Die Bäume entlang der Straße verdecken immer nur für eine Sekunde die Sonne. Ich schwitze die frischen Klamotten feucht, lasse das Seitenfenster herunter, die Luft ist trocken und heiß.
Die weiße Sonne lässt die Luft vibrieren. Alles flimmert.

Wären Mama und Nelly auch hier, man könn-
te meinen, wir wären auf dem Weg ans
Meer. Dann würden alte Hits aus
Italien laufen, Azzurro,

Ti Amo, Gloria, Amada Mia, Amore Mio, Felicitá und L'Italiano.
Mama würde mitsingen und Papas Gesicht wäre ausnahmsweise
mal entspannt.

Diese Lieder laufen immer, wenn wir nach Italien fahren, und
Nelly und ich beschweren uns dann über das Gedudel, aber in
Wahrheit ist es irgendwie eine super Musik, die einem nie mehr
aus dem Kopf geht. L'Italiano würde ich jetzt gern hören.

Die Koffer würden sich hinten stapeln, und das Auto wäre so vollgestopft, dass wir uns kaum bewegen könnten.

Die Vorfreude würde unsere weißen Füße zappeln lassen, und
Nelly würde bald schlecht werden, weil sie während des Fahrens
ihre dummen Mädchenzeitschriften ansieht.

Papa und Mama würden uns abwechselnd vorschlagen, dass wir
versuchen sollten zu schlafen, weil die Fahrt lange dauert und
damit wir nicht dauernd fragen, wie lange sie noch dauert.

Wenn sie dann glaubten, dass wir eingeschlafen sind, würde Papa
mit seiner rechten Hand über Mamas Oberschenkel und sie dann
über seinen Arm fahren. Nelly und ich würden uns angrinsen, wir
würden jede Menge Kussgeräusche ma-
chen und dann würden alle im
Auto lachen. Beim

Heimfahren vom Urlaub würden dann unsere dunkelbraunen Füße zappeln und gegen die Vordersitze trommeln und Papa den letzten Nerv rauben. Dabei würde alles nach Cremes, Salz und Sonne riechen, und wir würden alle gemeinsam zum zehnten Mal Azzurro mitsingen, und die Fahrt würde nicht mehr ganz so lang dauern, weil wir müde und glücklich wären vom vielen Spielen und Eisessen und bald einschlafen würden.

Viel, viel kürzer dauert jetzt die Fahrt zur Schule, bloß zehn Minuten, einmal links, einmal rechts, dann geradeaus, aber vorher kommt die einzige Ampel in unserem Viertel, die gleichzeitig so etwas wie eine Grenze zur restlichen Stadt ist.

Und genau an dieser Grenze stehen wir jetzt.

Wenn man es eilig hat, hat man Rot. Das sagt Papa immer und er dürfte damit recht haben.

Jetzt ist Rot Vergangenheit und wir können fahren. Wir könnten. Weil, Papa fährt nicht.

„Papa, grüner wird's nicht. Papa?"

Er ist in Gedanken, das passiert ihm manchmal. Als Schriftsteller ist er oft in einer anderen Welt. Der Fahrer hinter uns hupt, einmal, zweimal, dreimal. Er lässt die Reifen quietschen, überholt uns, bremst ab und stellt sich vor uns. Steigt aus. Doppelt so breit wie Papa, rotes Gesicht, ein Nacken so breit wie meine Oberschenkel. Er spuckt seinen Kaugummi vor unser Auto, reißt die Türe auf.

„Komm raus!", schreit er Papa an.

Der rührt sich nicht, hält sich am Lenkrad fest.

Der Mann klickt den Gurt auf und zerrt Papa, er ist ein schlanker Mann, aus dem Wagen, als wäre er eine Stoffpuppe, die nichts wiegt. Er beschimpft ihn, Papa versucht, sich zu entschuldigen, er ist völlig neben der Spur. Dann haut ihm der Typ eine runter. Nur mit der offenen Hand, ins Gesicht, nicht so stark, dass Papa umfallen würde, aber stark genug, dass er zwei Schritte nach hinten taumelt. Dann packt er Papa bei den Schultern und schiebt ihn grob wieder ins Auto auf seinen Sitz.

„Wenn du träumen willst, leg dich ins Bett. Wenn du Auto fahren willst, dann fahr! Aber steh nicht blöd rum und stiehl mir nicht meine Zeit!", schreit er Papa an und knallt die Fahrertür zu. Mich hat er gar nicht registriert, glaube ich.

Mit quietschenden Reifen fährt er davon.

Papas Hand zittert stark, er braucht einige Sekunden, bis er das Auto starten kann. Schon hupen die nächsten Fahrer hinter uns.

Ich schaue dem Mann, der Papa geschlagen hat, nach. Er sitzt in einem dunkelblauen Audi und zeigt uns den Finger. Breite Reifen, tiefergelegte Karre. Dem Kennzeichen nach kommt er aus unserer Stadt.

Ich bin echt fertig. Dass das jemand mit Papa machen kann! Dass er sich nicht gewehrt hat! Und dass ich einfach sitzen geblieben bin. Wie erstarrt. Nicht mal den Gurt habe ich gelöst. Wie das Kaninchen vor der Schlange. Das soll mir nicht noch einmal passieren. Nie wieder.

Heute Abend werde ich noch härter trainieren.

Faust gegen Holz. Faust gegen Holz. Faust gegen Holz. Wie die Braut in Kill Bill. Was die kann, kann ich auch. Es tut verdammt weh, sicher, verdammt weh.

Aber heute Abend werde ich das Holz zertrümmern.

„Entschuldige Papa."

Er schaut mich an, fertig und verwirrt.

„Was? Wieso entschuldigst du dich?"

„Weil ich dir nicht geholfen hab."

„Du geholfen? Du bist doch ein Kind!"

„Aber warum hast du dich nicht gewehrt? Warum hast du nicht zurückgeschlagen?"

„Dann hätte ich jetzt eine gebrochene Nase. Du hast ja gesehen, was das für ein Schläger war. Gegen den kann ich nur verlieren."

Mir kommt es vor, Papa habe mehr verloren, als er glaubt. Ist eine gebrochene Nase nicht besser, als die Ehre zu verlieren? Ehre ist vielleicht der falsche Ausdruck, Ehre, das sagen die Nazis, sagt Papa immer. Aber irgendwas in der Richtung hat er verloren. Ganz sicher.

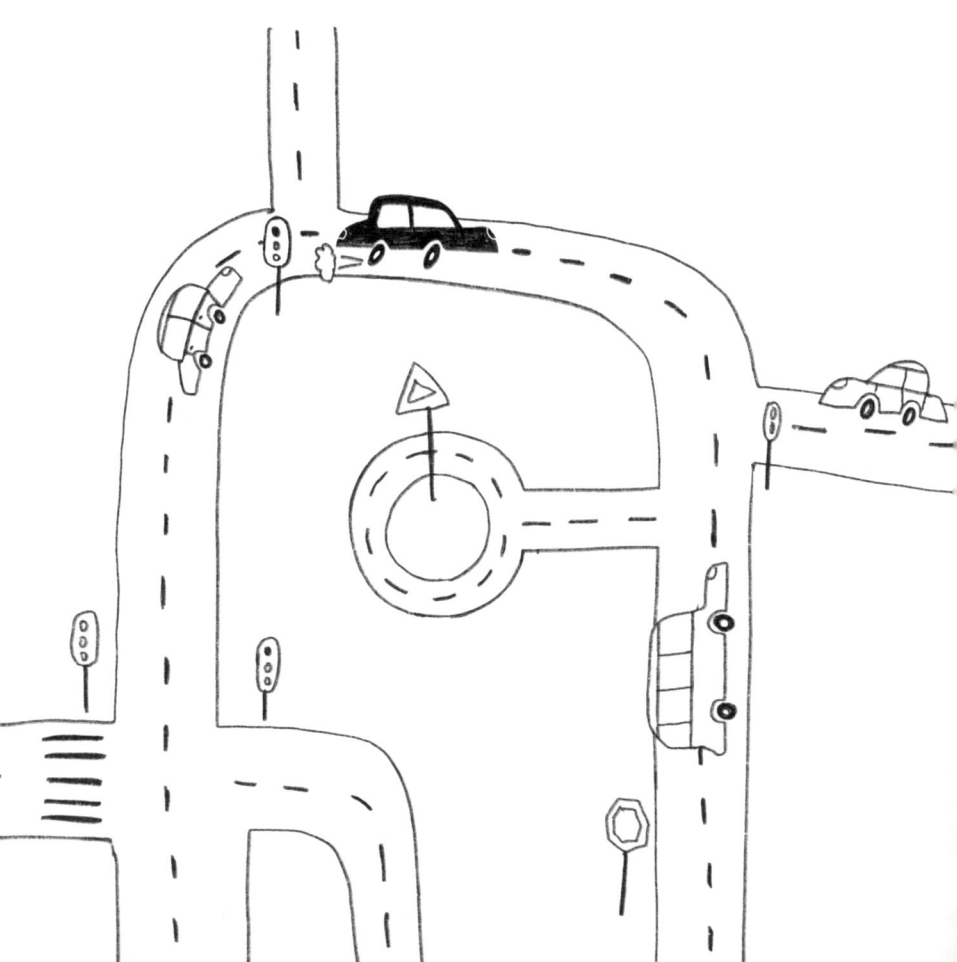

4

Ein paar Minuten später bin ich schon wieder in der Schule. Ein alter grau-brauner Bau mit bröckeligen Mauern und bröckelnden Treppenstufen.

Mein Vater ist in den Raum des Schulpsychologen gegangen, ich muss im Gang warten und sitze auf einem abgewetzten dunkelroten Plastikstuhl. „C. Weixlbaumer" steht auf dem grauen Schild neben der Tür. Der Typ kann sich nicht mal einen Vornamen leisten, denke ich. Ich hole mein Handy aus der Hosentasche, aber mir ist eigentlich nicht nach Spielen. Gleich muss ich da rein und werde ausgefragt. Wieder einmal. So wie in der alten Schule auch. Na, sollen sie doch.

Wenigstens sind keine Schüler mehr hier, das wäre oberpeinlich, das könnte ich jetzt echt nicht gebrauchen, dass mich hier einer sieht. Besser ich spiele noch eine Runde, bevor ich weiter sinnlos rumdenken muss.

Ich weiß nicht, wie viel Zeit vergangen ist, ist auch egal, da steht mein Vater vor mir und sagt, dass ich jetzt reingehen soll. Alleine, ohne ihn. Na, Gott sei Dank, denke ich und gehe rein.

Surprise, surprise, das Büro ist kein Büro, sondern eine Abstellkammer für Schulmöbel, die keiner mehr braucht. Und der Mann ohne Vornamen ist eine Frau.

Sie kommt mir entgegen und gibt mir die Hand. Seltsam, mir gibt sonst kaum mal jemand die Hand. Wir setzen uns auf zwei der vielen Stühle, die im ganzen Raum völlig ohne System herumstehen. Ich sehe mich um, rumgucken ist leichter, als einen Erwachsenen anzusehen. Jede Menge schiefe Kleiderständer, Tische, die kein Mensch mehr reparieren kann, eine alte Tafel, die an der

Wand lehnt, eine Kaffeemaschine aus dem vorigen Jahrhundert, wie auf dem Flohmarkt ist es hier. Echt erstaunlich, eine Rumpelkammer als Büro.

„Wie geht es dir Lukas, ich darf doch Lukas sagen?"
Jetzt muss ich sie doch ansehen, und wieder eine Überraschung. Die sieht aus wie ein Mensch.

Kein Lehrer oder so, sondern ein menschlicher Mensch.

Und jung ist sie. Sicher, sie ist alt, aber für eine Alte, also eine Erwachsene, ist sie jung.

Und die sieht richtig nett aus.

Aber das kann auch täuschen.

„Lukas? Darf ich dich so nennen?"
„Sicher."
„Also. Lukas. Ich bin Claudia Weixlbaumer und Psychologin. Du weißt, was eine Psychologin ist und was sie tut?"
„Ja. Kenne ich aus der alten Schule. Sie fragen was und ich soll was antworten."

Sie lächelt. Aber nicht von oben herab. Auch die grünen Augen lächeln. Sie passen gut zu der grünen Kette, die sie um den Hals trägt. Die besteht aus großen leuchtenden Steinen oder so. Sie streicht sich eine Haarsträhne hinter ein Ohr. Ihre Haare sind rotbraun, mehr braun als rot, sehr lang und sehen irgendwie komisch aus. Oben auf dem Kopf sind sie glatt und auf Höhe der Ohren fangen sie an, sich zu wellen, und unten ringeln sie sich richtig ein. Ich kann ihr nicht in die Augen sehen, weil ich glaube, sie sieht mich grad genau an. Aber ich würde sagen, sie sieht aus wie ein Mädchen, das älter geworden ist. Immer noch ein Mädchen, aber ein erwachsenes. Sie hat sich die Klamotten der Erwachsenen angezogen. Weiße Bluse mit großem Kragen, schwarzer Blazer oder Sakko oder wie das heißt. Sie glaubt wohl, dass sie das erwachsen macht und sie glaubt auch, viel älter zu sein als ich. Da bin ich mir nicht so sicher, ob das stimmt.

Jetzt sagt sie was, ich sollte ihr wohl zuhören.

„… macht sich Sorgen. Verstehst du das?"

„Entschuldigung, wer macht sich Sorgen?"

Wieder lächelt sie. Die ist wirklich nett.

„Dein Vater. Er sagt, dass du traurig bist. Er macht sich Sorgen."

„Mein Vater, ja, der macht sich ständig Sorgen."

„Er sagt, dass du traurig bist. Du bist doch traurig, nicht?"

„Ich dachte, ich bin hier, weil ich aus der alten Schule geschmissen wurde."

„Das auch. Weil es da diese Sache mit dem anderen Jungen gegeben hat."

„Aber das haben wir doch schon alles in der alten Schule besprochen."

„Ja, aber der Direktor dieser Schule will nicht, dass sich diese Geschichte hier wiederholt. Darum sprechen wir in den nächsten Tagen ein paarmal miteinander, und dann ist die Sache erledigt. Ist doch nicht so schlimm, oder?"

Ich zucke mit den Schultern. Gibt Schlimmeres, denke ich, und weil sie den größten Teil der Stunde mit meinem Vater gesprochen hat, ist unsere erste Sitzung auch schon wieder zu Ende.

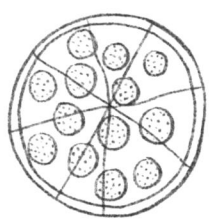

5

Zu Hause sitze ich wieder mit Papa am Tisch. Wieder einmal gibt es Pizza. Wenn man so oft Pizza isst wie wir in letzter Zeit, schmeckt sie nicht mehr so gut. Vor allem, wenn sie nicht selbst gemacht ist, sondern vom Mann mit dem dämlichen Pizza-Hut geliefert wird. Pappe mit Käse. Wenigstens ist die Salami schön sauer. Essen gibt es also meist aus dem Karton, außer Papa hat mal einen guten Tag und kocht was Einfaches, oder es ist der erste Sonntag im Monat, da kommt der Papa von Mama immer zum Mittagessen. Oma kommt nie, weil sie schon lange tot ist. Ich kann mich kein bisschen an sie erinnern, außer an ihre Nase, die riesig ausgesehen hat, wenn sie sich über mich gebeugt hat, als ich noch sehr klein war. Opa jedenfalls lebt noch und sieht auch gesund aus, weiße Haare und ein sonnenbraunes Gesicht, und er bringt das Essen immer mit. Anfangs hat sich Papa dagegen gewehrt, es war ihm wohl peinlich, aber jetzt haben wir uns alle daran gewöhnt, dass Opa das Essen mitbringt. Und was für ein Essen! Ich hab zuerst geglaubt, er kauft es in einem Restaurant, aber mittlerweile weiß ich, dass er an jedem ersten Sonntagvormittag im Monat in der Küche steht und kocht wie ein Weltmeister.
Heute ist nicht einer dieser Sonntage, und wir essen den verbrannten Teig mit Käse und Salami.
„Nach dem Essen fahre ich zu Mama. Begleitest du mich?"
Ich überlege. Eigentlich wollte ich noch trainieren, aber das kann ich auch danach erledigen.
Also nicke ich.
„Ist gut."
Nelly können wir nicht fragen, weil sie nicht in ihrem Zimmer ist. Wir haben keine Ahnung, wo sie sich herumtreibt.

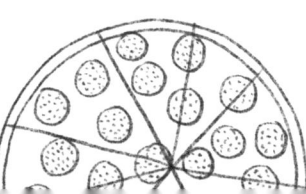

Mamas Tür ist im Gang ganz hinten rechts. Tür 117. Es steht sogar ihr Name auf dem Schild neben der Tür. „Melanie Meinrad." Solange der noch dort steht, ist nichts verloren.

Papa lässt mir den Vortritt, ich klopfe aus Gewohnheit, zwei Mal. Was würden wir geben, wenn sie plötzlich „Herein!" rufen würde. In den ersten Wochen habe ich noch fest damit gerechnet, inzwischen bekäme ich einen horrormäßigen Schock, wenn das passieren würde.

Papa hat die Rose vergessen. Normalerweise schneidet er eine Rose im Garten ab – wir haben jede Menge Rosen – und wickelt sie dick in Papier ein. Als er die verwelkte Rose in der Vase auf dem Tisch in der Ecke des Zimmers sieht, ärgert er sich über seine Vergesslichkeit, verzieht den Mund und lässt sie in den Mülleimer fallen. Dabei pikst ihn ein Dorn am Finger, ein einzelner Blutstropfen sickert durch die Haut. Papa betrachtet den Tropfen, als sei er schwer verletzt, und nimmt den Finger in den Mund.

Vielleicht sollte er mal andere Blumen nehmen als Rosen.

Wir tragen zwei Stühle vom Tisch zum Bett von Mama und setzen uns links und rechts neben sie.

Papa seufzt. Er hält ihre rechte Hand. Ich weiß, er redet mit ihr, aber nicht, wenn ich dabei bin, das wäre ihm peinlich.

Das verstehe ich, mir geht es genauso. Ich glaube, Papa redet gern und viel mit ihr, weil, er hat sonst niemanden zum Reden.

Seine Eltern sind beide gestorben, als ich in die Schule kam, und dass er einen guten Freund hätte, mit dem er reden könnte, das ist mir noch nicht aufgefallen.

Papa geht raus, um einen Kaffee zu holen.

Ich nutze die Gelegenheit, hole mein Handy aus der Hosentasche und mache ein Foto. Ich vergleiche das Foto mit den Fotos, die ich seit ein paar Monaten von Mama mache. Sie sieht so aus wie letzte Woche und wie auch die Wochen zuvor. Aber sie sieht völlig

anders aus als früher, als noch alles in Ordnung war. Obwohl sie nur wenig Nahrung bekommt, hat sie zugenommen, das ist nicht zu übersehen.

Wenn ich ehrlich bin, sieht sie ein wenig so aus, wie ich mir eine Wasserleiche vorstelle. Aufgedunsen, aufgeschwemmt, matschig irgendwie. Nicht schön jedenfalls.

Maria, die Pflegerin, hat mir erklärt, dass das von den vielen Medikamenten kommt, die Mama ständig gespritzt kriegt, damit sie nicht krank wird. Nicht krank wird, das klingt wie ein schlechter Scherz. Gegen die Medikamente kann sie sich nicht wehren. Im Grunde ist sie völlig wehrlos. Sie liegt hilflos in ihrem Bett und muss alles über sich ergehen lassen.

Das Füttern, die Spritzen, das Waschen und was weiß ich noch alles. Ich möchte das auch gar nicht wissen.

Sie muss also alles mit sich machen lassen und kann nicht „muh" und „mäh" sagen. Nicht „Stopp!" oder „Das will ich nicht!".

Damals, ganz am Anfang, als sie hierhergebracht wurde, sah sie jedenfalls völlig anders aus als jetzt. Viel mehr Farbe im Gesicht und die Haare waren schön lang.

Das weiß ich noch ganz sicher, auch ohne Fotos. Die Haare haben sie ihr damals abgeschnitten, als klar war, dass sie so schnell nicht mehr aufwachen würde. Aber das allein ist es nicht, es steckt noch viel mehr dahinter.

Diese Frau da sieht nicht mehr aus wie Mama, die damals ins Koma gefallen ist, sie sieht aus, als wäre sie ein ganz anderer Mensch. Eine völlig Fremde.

Irgendwie sieht sie sogar so aus, als wäre sie gar kein Mensch mehr. Ich habe lange gebraucht, bis ich geschnallt habe, warum das so ist. Es ist so, weil sie kein echtes Gesicht mehr hat. Das ist der Grund. Also, sie hat schon eine Nase, einen Mund und so weiter, aber was völlig fehlt, ist das Leben im Gesicht. Maria hat mir das so erklärt: Damit man so aussieht, wie man normalerweise aussieht, braucht man jede Menge Gesichtsmuskeln und die Möglichkeit, diese zu steuern. Mit Gedanken, Gefühlen, dem Gehirn. Das macht dann aus einem Pudding ein echtes Gesicht. Fehlt das, ist es nur eine unbewegte Masse aus Haut und Gewebe darunter. Eine Maske. Um die Gesichtsmuskeln bewegen zu können, bräuchte Mamas Gehirn Kontakt zu den Muskeln und der ist offenbar nicht da. Ob er jemals wiederkommt, weiß man nicht. Bis dahin sieht das Gesicht vor mir leider nicht wie Mama aus. Überhaupt nicht. Man muss sich wirklich einreden, dass das ein Mensch ist, der noch lebt. Kein Gesicht, kein Mensch.

Seitdem ich das weiß, sehe ich mir die Gesichter anderer Menschen viel genauer an als früher. Auch schaue ich jetzt manchmal in den Spiegel, ohne es zu müssen. Besonders viel Leben entdecke ich da zurzeit aber auch nicht.

Ich habe lange nicht kapiert, was Wachkoma heißt. Dachte, Mama ist im Koma und würde gleich wach. So kann man sich täuschen. Die Ärzte haben auch immer nur rumgeredet und nichts gesagt, was man versteht. Papa hat mir dann erklärt, was passiert ist.

In Mamas Hirn hat es geblutet.

Eine Arterie im Kopf ist gerissen, also so ein Schlauch, durch den das Blut fließt. Die Ärzte haben gesagt, sie müssen das operieren, und Papa hat gesagt, das muss wohl sein. Papa dachte, dass Mama bald wieder aufwacht. Weil, geplant war das ja so. Geplant war, dass Mama nach vier Wochen wieder wach wird.

Jetzt schläft sie aber schon fast ein Jahr.

Nächste Woche ist es dann soweit.

Am 11. September.

Ein Jahr ist es dann her, dass Mama nicht mehr spricht.

Nicht mit mir, nicht mit Papa, nicht mit Nelly.

Mit gar niemandem.

Sie liegt einfach da und kann nicht aufwachen.

Obwohl, die Augen hat sie ja meist offen, aber sie schaut ins Leere. Das ist nicht schön. Ich glaube, sie lebt in einer anderen Welt. Irgendwas muss sie ja tun, sie kann ja nicht immer nur schlafen. Aus unserer Welt ist sie jedenfalls rausgekickt worden. Sie liegt da wie ein freakiges Etwas, das nicht mehr dazugehört. Während draußen das Leben weitergeht, liegt Mama hier drin im zeitlosen Nichts. Immer wenn ich hier reinkomme ins Krankenhaus, fühle ich mich auch wie in einem zeitlosen Nichts. Hier drinnen, das ist eine völlig andere Welt.

Es gibt nichts Schöneres, als hier wieder rauszugehen.

Ich habe gehört, wie der Mann im weißen Kittel, der Chefarzt, meinem Vater heimlich gesagt hat, dass Mama vielleicht nie mehr aufwacht, und falls doch, dass sie wahrscheinlich nicht mehr stehen und gehen kann. Und auch nicht reden.

Dass sie dann im Rollstuhl herumsitzen muss, bis sie stirbt.

Ich glaube das nicht.

Der Arzt hat keinesfalls recht. Mama hatte eine unglaubliche Energie. Mama war immer stark. Sie ist es auch jetzt noch. Sie gibt nicht auf, hat sie nie. Nie würde sie uns allein lassen. Sie wird aufwachen und sie wird genau so sein wie früher. Der Arzt hat einfach keine Ahnung, der kennt Mama nicht.

6

Es ist schon dunkel, als wir nach Hause kommen. Trainieren muss ich aber noch. Da hilft nichts, Training muss sein. Wenn man einmal damit anfängt und es wirklich ernst meint, hört man nicht mehr auf. Es gibt keinen Grund, ein Training ausfallen zu lassen. Damit Papa keine komischen Fragen stellt, warum ich das mache, trainiere ich ganz hinten im Garten.

Der Abend ist ziemlich hell, dürfte einen vollen Mond geben in der Nacht, trainieren ist darum kein Problem. Warm ist es auch und geregnet hat es seit Ewigkeiten nicht.

Der Boxsack hängt jetzt seit Wochen in den Bäumen und ist fast noch nie nass geworden. Zwischen zwei nahe beieinanderstehenden Stämmen habe ich letzte Woche eine Holzplatte angebracht, ich habe sie also an die Bäume genagelt. Ich weiß, man soll nichts an Bäume nageln, aber ich habe nicht gewusst, wie ich die Platte sonst hätte anbringen können.

Die Platte ist nicht besonders dick, um genau zu sein, sind es nur 1,3 Zentimeter, aber ich habe es noch nicht geschafft, sie zu durchschlagen. Ich will sie mit der Faust durchschlagen, besser gesagt mit den Knöcheln. In Kill Bill hat das funktioniert. Ich schaffe das auch. Und dann nehme ich mir ein dickeres Brett vor.

Jetzt stelle ich mich einen halben Meter vor dem Brett auf, spanne die Bauchmuskeln an, atme laut mit einem Stoß aus, klopfe erst mal mit den Knöcheln an, leicht zuerst, taste mich an den Punkt ran, den ich durchbrechen muss.

Konzentriere mich auf diesen Punkt. Konzentriere mich auf die Knöchel. Auf den Punkt. Auf die Knöchel. Den Punkt. Die Knöchel. Punkt. Knöchel. Punkt. Jetzt ist es so weit. Ich stoße Luft aus der Nase, schlage zu. Keine Schmerzen, sage ich mir. Schlage

wieder zu. Keine Schmerzen, denke ich so fest ich kann und knei-
fe die Augen zusammen. Keine Schmerzen und schlage zu.
Wäre es hell, würde ich sehen, wie die Haut dunkelrot anläuft,
und vielleicht würde ich aufhören, weil man sieht, dass sie gleich
aufreißt. Gut, dass es dunkel ist. Gut, dass nur das Mondlicht den
Waldrand erhellt.

„Keine Schmerzen", sage ich jetzt halblaut in den Schmerz hinein. Die Vögel singen um diese Zeit nicht mehr, tut mir leid,
Vögel, wenn ich euch wecke.

Pong macht es. Knochen auf Holz. Pong.

7

Ich laufe, laufe, immer schneller, laufe weiter, die Lunge brennt, und dann schaffe ich es, ich hebe ab.

Aber nur ein kleines bisschen.

Nur knapp über dem Boden schwebe ich, gleite, ohne vorwärtszukommen, schwer wie Blei zieht es mich zu Boden, während ich nichts anderes will, als abzuheben. Ich schmeiße die Arme vor den Kopf und konzentriere mich ganz stark darauf, nicht zu sinken, ich will unbedingt höher kommen.

Aber das gelingt nicht, der Bauch berührt schon fast den Boden, das darf nicht sein, ich muss mich noch mehr konzentrieren.

Los, Luke, mach, steig, höher, du schaffst das.

Und ich schaff das wirklich. Die Zentimeter zwischen mir und dem Boden werden mehr, dann werden es Meter, immer mehr Meter, mir wird schwindlig, es macht Angst hochzusteigen, aber es ist auch unheimlich toll.

Immer schneller geht es dahin, die Luft zischt mir um die Ohren. Mit den ausgestreckten Armen und den Schultern bestimme ich die Richtung. Drehe ich mich ein wenig nach links, fliege ich nach links, so in der Art. Eigentlich bin ich jetzt hoch genug, denn hier oben kann mich keiner fangen, aber ich steige noch weiter. Die Häuser sind kleine Vierecke, und in den Gärten leuchten blaue Pools. Ich überfliege Wälder, Seen, ganze Landschaften. Das ist großartig. So frei.

So müssen sich Adam und Eva gefühlt haben, bevor sie Gott gestraft hat, bevor die Sache mit dem Apfel kam. Klar weiß ich, dass das nur ein Symbol ist, Papa hat gesagt, dass damit die Schwere ins Leben der Menschen gekommen ist. Die Schwere, die uns alles vermiest und die Leute sauer macht. Hier oben ist davon nichts zu spüren. Man fühlt sich so unheimlich leicht, dass es wirklich unheimlich ist. Wahnsinnig aufregend ist das, wenn man fliegen kann und auch wahnsinnig gut. Unbesiegbar ist man dann.

Langsam ist es genug, genug des Gefühls der Freiheit und Unzerstörbarkeit. Die Höhe reicht mir jetzt auch und so gehe ich in den Sinkflug über, schwebe langsam hinunter. Gut, dass ich das steuern kann. Da kommen wieder Häuser, Wiesen, unsere Straße, unser Haus. Ich muss die Geschwindigkeit rausnehmen, nehme die Arme zurück, fahre die Beine aus, lande laufend in unserem Garten.

Heute bin ich mit einer superweichen Landung in unserem Garten aufgewacht. Und wie immer, wenn ich den Traum vom Fliegen hatte, beginnt der Tag mit einem tollen, tollen Gefühl. So ein Gefühl würde ich gern immer haben. Man könnte dann die ganze Zeit lachen. Und alles fühlt sich so leicht an, so als hätte man gar keinen Körper. Ich träum immer dann vom Fliegen, wenn ich im Schlaf vor jemandem davonlaufe, wenn andere mich jagen. So kann ich ihnen entkommen. Falls ich ins Fliegen komme. Manchmal mach ich auch eine Bauchlandung und liege im Dreck. Dann haben sie mich. Wenn ich darüber nachdenke, wäre es noch viel besser, fliegen zu können, wenn ich nicht flüchten muss, sondern weil ich selbst jemanden jage. Einen, der es verdient hat. So wie ein Superheld die Bösen jagt. Natürlich sind Superhelden blöd und peinlich, ich würde mir nie ein Kostüm anziehen, das würde auch lächerlich bei mir aussehen, ich bin dreizehn und wiege achtundvierzig Kilo. Und vor allem braucht ein Superheld Superkräfte. Und wo bitte habe ich Superkräfte?

8

Gestern hat mich Papa mit dem Auto zur Schule gefahren, heute nehme ich mein Rad. Es ist ein wirklich cooles Bike, schwarz, breite Reifen mit einem Hammerprofil. Teures Teil. Sobald ich die Hauszufahrt hinuntergerollt und um die nächste Ecke gebogen bin, nehme ich den Helm vom Kopf und stecke ihn in die Schultasche. Peinlicher Kinderkram. Keiner nimmt so was.

„Wer ein Hirn hat, der schütze es", sagt mein Vater immer, weil er weiß, dass ich freiwillig mit so einem Dillodings auf dem Kopf nicht rumfahre.

Netter Versuch, mit einem Spruch bin ich aber nicht zu überzeugen. Ich schätze, er weiß das. Ehrlich, ich brauch keinen Helm, ich kann Rad fahren. Und wenn ich doch stürzen sollte, dann schmeißt es mich sicher nicht auf den Kopf.

Und überhaupt: Mama hat es nicht geschmissen und ihr Kopf ist trotzdem kaputt. Wenn es sein soll, passiert es eben, so oder so.

Da vorn ist ja schon der Ort der Erbauung. Am besten, ich stell das Rad nicht direkt vor der Tür ab, sonst wird jemand neidisch. Ich hänge es hier an die Laterne und gehe die restlichen zwei Minuten zu Fuß.

„Hi", sagt ein Mädchen, das an mir vorbeigeht, als ich grad vor dem Bike knie und das Schloss zusperre.

Ein gutes Schloss muss sein bei so einem teuren Rad, sonst kann ich zu Fuß nach Hause gehen.

„Hi", antworte ich wenig einfallsreich und schaue nach oben.

Hübsches Gesicht, lange gewellte braune Haare, nett.

Sie sieht wohl mein fragendes Gesicht, denn jetzt sagt sie, dass sie in meine Klasse geht. Sie lächelt dabei.

Ich stehe auf, klopfe mir kleine Steinchen von den Knien, und so gehen wir gemeinsam auf das große Tor zu, durch das man auf das Schulgelände kommt. Eine abgeschottete Welt, die von einer hohen Mauer umgeben ist. Gute Vorbereitung auf den Knast, denke ich und checke die Umgebung. Gestern hatte ich kein Auge dafür, am ersten Schultag in einer neuen Schule bin ich immer neben der Spur.

„Heißt du echt Luke oder Lukas?"

„Lukas, aber nur Erwachsene nennen mich so."

Unter ein paar dicken Bäumen bewegt sich was. Eine Gruppe Blödmänner hat ihren Spaß.

„Nicht schon wieder. Die sind so doof", sagt Kathi.

„Die?"

„Schau hin, du müsstest sie schon kennen." Ich erkenne den breiten Rücken von Gerri, dem Tier, und den wabbeligen Schweinefütterer, die anderen im Kreis sagen mir nichts. In der Mitte des Kreises sehe ich Ali Baba, er hat weniger Spaß. Wir stehen jetzt nicht weit entfernt von dem Treiben und schauen ihm zu. Sie haben Ali was weggenommen und werfen es sich zu, während er versucht, es wiederzubekommen. Wie im Turnunterricht, bloß dass sie sich keinen Ball zuwerfen, sondern seine Brotbox. Ali geht die Luft aus, er stützt die Hände auf die Knie.

„Hol dein Kümmelbrot, ja hol dein Broti", ruft einer und lacht.

„Alter, der Knoblauch stinkt vielleicht", schreit ein anderer. Jetzt schreien alle durcheinander.

„Stinken bei euch alle nach Knoblauch?"

„Hast du eine Schwester, Ali? Mag sie Weiße?" Das Läuten der Schulglocke, die auch hier draußen laut und schrill zu hören ist, übertönt die Schreie und rettet Ali. Für eine Weile zumindest.

„Ziemlich kindisch", sage ich.

„Voll", sagt Kathi.

9

Die Hausaufgabe ist einfach lächerlich. Lächerlich einfach. Das ist nicht Mathematik, das ist Rechnen. Jeder Grundschüler hätte seine Freude damit.

Ich sitze in meinem Zimmer und überlege, ob ich diese Nummern wirklich lösen soll. Sie sind derart einfach, dass jeder Depp sie im Kopf rechnen kann. Vermutlich soll ich sogar einen Lösungsweg aufschreiben. Ich lege den Stift beiseite und stütze das Kinn auf die Hände. Das hilft beim Nachdenken.

Vielleicht habe ich einen Fehler gemacht. Ich habe das superteure Gymnasium geschmissen, ein Gym für Kinder von reichen Eltern und solchen, die gern reich wären.

Papa war fassungslos, er redete was von sozialem Abstieg und Desaster. Und dass ich völlig den Verstand verloren hätte, mir das Leben verpfusche und so weiter und so fort.

Er hat gut reden, er muss ja schließlich nicht seine Zeit in einer Schule absitzen, sondern ich. Ich hatte es einfach satt. Drei Jahre im Gymnasium waren genug.

Jeden Morgen wacht man auf und dieser man ist man immer selbst. Und jeden Morgen ist es viel zu früh, um aufzuwachen, geschweige denn, um aufzustehen. Jeden Morgen dasselbe Theater. Mitten in der Nacht aus dem Bett quälen, anziehen und alles, dann ab in die Schule mit Papas superdummem Spruch „viel Spaß" im Rücken, dann den halben Tag lang bei den anderen Zwangsverpflichteten rumsitzen, dann Hausaufgaben, und vor den Klassenarbeiten lernen bis in die Nacht.

Noch einmal: Ich hatte das einfach satt, ehrlich. Wollte meine Zeit nicht weitere fünf endlose Jahre damit verplempern, unnützes Zeug in mein Hirn zu pressen. Zeug, das ich nie wieder brauchen würde in meinem Leben. Weder will ich Mathematiker, Chemiker oder Physiker werden, noch möchte ich nach Frankreich auswandern, ich brauche daher diese Sprache nicht. Und schon gar nicht will ich einen alten Römer ausbuddeln, um mit ihm lateinisch zu reden.

Acht Jahre lang in ungelüfteten Räumen herumsitzen und sinnloses Wissen ins Hirn hämmern, wozu?

Um studieren zu können, hat Papa gesagt, und da hat er natürlich recht, aber ich weiß nicht, was ich einmal studieren soll und ob ich das überhaupt will. Das ist ja wieder wie Schule.

Ich kaue auf dem Stift rum und will mir nicht eingestehen, einen riesengroßen Fehler gemacht zu haben. Den ich jetzt ausbaden darf. Die alte Schule war furchtbar, Lehrer, die sich nicht die Bohne um dich als Mensch geschert haben, und dieser ständige Kampf um gute Noten.

Das alles ist jetzt vorbei.

Aber nichts ist besser geworden. Weil, ich schnalle es von Minute zu Minute mehr: In dieser Schule habe ich wirklich nichts verloren, noch weniger als in der alten. Das geht mir langsam überdeutlich auf. Shit aber auch. Ich werfe das noch leere Übungsheft gegen die Wand und gehe in den Garten.

Da liegt Nelly auf der Luftmatratze im Gras und lässt sich die Sonne auf den Rücken brennen. Sie hält nichts von Sonnencreme, und Krebs ist was für Alte, meint sie.

„Zu den Alten wirst du bald gehören", sagt Papa dann immer, wenn er das hört, denn, so sagt er, die Sonne mache die Haut noch schneller alt als das Rauchen.

Das tangiert Nelly nur peripher, wie sie sagt, weil alt werden will sie sowieso nicht. Lieber jetzt Sonne und Spaß, als nichts zu erleben und gesund und fad dem Altersheim entgegenöden.

Ist auch eine Einstellung.

Grad will ich Nelly zurufen, dass ihr Hintern schon hammermäßig Falten wirft, da sehe ich was hammermäßig Überflüssiges, und zwar Friesi, den Nachbarn. Der ist fast immer daheim, denn er ist Tennistrainer, Trainer beim Turnverein um die Ecke und solche Sachen. Jedenfalls hat er so gut wie nix zu tun.

Und so steht er in seinem Garten rum, der dummerweise an unseren grenzt. Zumindest im Sommer steht er da rum und garantiert immer dann, wenn Nelly draußen ist.

Oft raschelt es hinter einem Busch, und wenn man genau hinschaut, sieht man ihn. Damit das nicht so blöd aussieht, dass er da so rumsteht, hat er immer eine Gartenschere dabei oder sonst eins von den Dingern, mit denen man im Garten rumläuft.

Oder er turnt an seiner Stange rum.

Vorletzten Sommer hat er sich nämlich so ein Ding gebaut, an dem er Klimmzüge machen kann. Es war die Zeit, als Nelly und ich nicht mehr so dicke Freunde waren wie früher, weil sie sich, wie soll ich sagen, körperlich entwickelt hat, also, sie hat einen Busen bekommen. Und aus einem Jungenhintern ist ein Mädchenhintern geworden. Seit sie mit dem neuen Hintern rumläuft, reden wir viel weniger miteinander. Es ist so, als wäre sie durch den Hintern eine andere geworden. Nelly war damals, als sie sich verändert hat, so alt wie ich heute, also dreizehn.

Und immer, wenn Nelly im Sommer draußen ist, hängt der Nachbar an seiner Stange und zeigt, wie stark er ist. Und wenn er da oben hängt, hat er eine Spitzenaussicht auf Nellys Hintern.

So wie jetzt gerade.

Er zieht sich hoch, gafft, schnauft, bis sein Gesicht rot anläuft, und lässt sich wieder runter. Herzinfarkt, Herzinfarkt, hab ich ihn schon manchmal in Gedanken angefeuert, aber das ist unwahrscheinlich, ich schätze, er dürfte mit seinen vierzig Jahren oder so wahrscheinlich noch zu jung dafür sein.

Außerdem ist er ja Sportler.

Man sieht, dass er viel an seiner Stange hängt und wahrscheinlich hat er im Keller jede Menge Hanteln. Muskeln hat er, das muss man ihm lassen. Aber mal ehrlich, hat er auf dem Tennisplatz und im Turnsaal nicht genug Mädchen, denen er hinterhergaffen kann? Warum auch noch meiner Schwester?

Ich halte Ausschau nach Friesis Frau. Die kommt immer nur dann aus dem Haus, wenn ihr Turnheld eifrig auf erotischer Motivsuche ist. Wenn er also den Kurven meiner Schwester nachhechelt. Friesis Frau sieht wirklich nett aus. Blond, um einiges jünger als er, und sie hat einen unglaublichen Hintern. Auch ein hübsches, ganz ebenes Gesicht hat sie, einen schmalen Oberkörper, aber eben auch diesen Hintern und mächtig dicke Beine. Kurze Beine, die sie sehr klein machen. Ich bin sicher einen Kopf größer als sie und ich bin erst dreizehn. Klein sein ist ja schon ein Hingucker, aber in Kombination mit diesem Hintern, sehr auffällig.

Jedenfalls, ab und zu kommt Minimaus raus in den Garten, knurrt ihren Mann an und wetzt wieder zurück ins traute Heim.

Sie hat oft Jeans an und die Oberschenkel wetzen wirklich so laut aneinander, dass ich das über den Zaun rüber hören kann.

Sonst weiß ich so gut wie nichts über sie, außer dass sie das Spechteln ihres Mannes genauso nervt wie mich.

Sie zischt dann immer „Ludwig", so heißt Friesi nämlich, „Ludwig, komm ins Haus!"

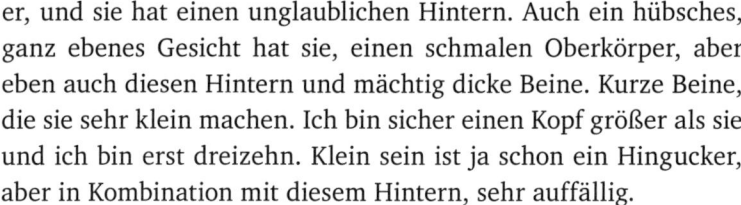

Friesi

Friesis Sabber

38

Nichts Besonderes, aber wie sie es zischt, oder sollte man es als Fauchen beschreiben, da möchte man nicht Ludwig sein. Jedenfalls ist er schon wieder fleißig am Gaffen, und er tut es ungestört, denn Minimaus dürfte nicht zu Hause sein, und sonst juckt das offenbar keinen. Ich tue so, als würde ich ihn nicht sehen, und gehe zu Nelly. Ich stelle mich mit dem Rücken zum Sportsmann und sage recht leise zu Nelly:

„Du weißt schon, dass Rocky schaut?"

„Klar doch. Tut er doch immer."

„Das stört dich nicht? Dass der dir die ganze Zeit auf den Arsch gafft?"

„Soll er doch. Wird's nötig haben", sagt Nelly mit Cola-Lutscher im Mund, und blättert eine Seite ihrer Cosmopolitan um.

10

Fußball und Laufen sind Dinge, die ich gut kann. Jetzt steht Sport auf dem Programm, es ist die letzte Stunde am heutigen dritten Schultag. Und schon wieder hängt sich Ali an meine Fersen. Schon den ganzen Vormittag klebt er an mir. Er sitzt ja neben mir in der Bank, aber auch in den Pausen läuft er mir nach, dabei will ich nur meine Ruhe haben.

„Drei Runden", sagt Woitschek, ein Kugelbauch im antiken blauen Adidas-Trainingsanzug. Die drei weißen Streifen sind schon ziemlich blass und fransen aus.

Der Haufen, also wir Schüler, murrt, als er das mit den Runden sagt, weil, wer will schon laufen, die meisten hassen es, mir aber ist es recht, ich mag es.

„Die ersten beiden, die ins Ziel kommen, dürfen nachher die Mannschaften wählen", sagt Woitschek.

„Fußball!", jubeln ein paar von uns. Find ich auch gut. Wir sind ungefähr zehn oder fünfzehn Jungs, so genau kann ich das noch nicht sagen, und wir drängeln uns an der Startlinie. Bloß Schweinefütterer Bob, er heißt eigentlich Robert, aber bei mir heißt er ab sofort Schweine-Bob, also er und zwei andere Dicke, denen das Fett unter den Leibchen jetzt schon schwitzt, stellen sich fadisiert hinten an, sie wissen, dass sie sowieso die Letzten sein werden.

„Achtung, fertig ...", schreit Woitschek und dann bläst er in seine Pfeife, dass es einem in den Ohren kreischt.

Wir laufen los, ein paar Pfeifen gehen es aber viel zu schnell an, typische Anfänger. Drei große Runden um den Fußballplatz, das ist eine Strecke, die muss man sich einteilen. Nach der ersten Runde liegen die Anfängerpfeifen weit vorn, am Ende der zweiten fliege ich ultralocker an ihnen vorbei. Wir sind jetzt vorne zu dritt, eine Spitzengruppe sozusagen. Ali hat sich auch hier beim Laufen an meine Fersen geheftet, wenn ich sein Rasseln höre, weiß ich, dass er sicher nicht mehr lange mithalten kann. Echt erstaunlich, aber das Tier läuft immer noch neben mir, mit seinen schweren Beinen stampft er bei jedem Schritt laut auf. Für seine Statur läuft er sagenhaft gut.

Das Tier, das auf den Namen Gerri hört, ein Name, der viel zu leicht und niedlich für so einen Schrank klingt, plagt sich aber enorm, sein dunkelrotes Gesicht ist verkrampft, sein Hals ist wie aufgebläht. Ich schaue zu ihm rüber und grinse ihn an. Dann zünde ich den Turbo und lasse ihn stehen. Meine Beine sind federleicht, immer noch, ich keuche kein bisschen, fast lautlos fließt der Atem, locker hätte ich noch Luft für eine vierte und fünfte Runde. Als das Tier die Ziellinie als Zweiter erreicht, sitze ich in der Wiese neben der Laufbahn und tue gelangweilt. Gerri stützt sich mit den Händen auf den Knien ab, keucht, macht keine schönen Geräusche und starrt zu mir herüber. Wenn er noch Luft hätte, würde er was Unfreundliches sagen.

Ali kommt als Dritter über die Linie und lässt sich in die Wiese neben mich fallen. Er liegt auf dem Rücken, sein Brustkorb gibt mächtig Gas. Gar nicht schlecht, Ali, bist wohl schon viel gelaufen in deinem Leben, hoffentlich nicht nur vor anderen davongelaufen, denke ich. Der Rest der Truppe hat längst jeden Ehrgeiz aufgegeben und trabt im Schneckentempo der Ziellinie entgegen. Ein „Tempo, Tempo" Woitscheks kann sie auch nicht mehr motivieren. Er selbst hat sich die ganze Zeit natürlich nicht vom Fleck gerührt. Eine Ewigkeit vergeht, bis der Letzte endlich da ist und wir die Fußballmannschaften wählen können. Gerri und ich dürfen abwechselnd Spieler aussuchen, als Sieger des Laufes beginne ich. Ich schau mich um, alle stehen herum, schauen mich an oder nicht, manche wollen nicht von mir gewählt werden, das sehe ich

ganz klar, anderen ist es egal. Nur Alis Gesicht ist erwartungs-
voll, er bettelt förmlich darum. Das Problem ist, ich kenne noch
niemanden hier und wie soll ich wissen, wer gut ist und wer eine
Pfeife? Manche sehen sportlich aus, aber können sie auch kicken?
Bei anderen sieht man sofort, dass sie eher über die eigenen Beine
stolpern würden, als den Ball ins richtige Tor zu ballern.

„Ali", sage ich zu meiner eigenen Überraschung, einfach um
irgendwas zu sagen. Er strahlt, und ein paar lachen, weil, Ali
sieht nicht aus, als würde er einen Ball treffen.

Das Tier wählt den anderen Schrank der Klasse aus, dürfte ein
Freund von ihm sein. Den hätte ich wohl wählen sollen, zu spät.
Wen nehme ich jetzt? Ich zeige auf den größten Schwabbel von
allen, einen Rotschopf mit mächtig Sommersprossen im Gesicht
und auch sonst überall. Er schaut mich groß an und jetzt lachen
wirklich alle, es ist schon fast ein Gebrüll. Woitschek bläst volles
Rohr in seine Pfeife und macht mich an:

„Du weißt schon, dass du die Guten wählen sollst. Was soll das
werden?"

„Ich hab keine Ahnung, wer gut ist. Bin ja neu hier", sage ich
so neutral wie möglich und beherrsche mich, nicht zu grinsen.

„Na, wenn du unbedingt den Clown spielen willst, bitte schön.
Mach nur!", sagt der blaue Adidas-Mann und schaut mich wütend
an.

Das Tier schüttelt den Kopf, zeigt mir den Vogel, zeigt auf den
nächsten Sportler. Dann zeige ich auf die nächste Krücke, er auf
den nächsten Kicker, ich auf den nächsten Beinbruchkandidaten
und so geht das, bis keiner mehr übrig ist. Wenn ich mir meine
Mannschaft so ansehe, tja, was soll ich sagen? Soll mich bitte keiner fragen, warum ich das mache, ich habe keine Ahnung.

Wir haben Anstoß. Ich stehe mit Ali am Mittelpunkt und überlasse
ihm den ersten Schuss. Den schafft er problemlos und jetzt habe
ich den Ball. Als sich keiner von meiner Mannschaft rührt und

alle nur rumstehen wie die Ölgötzen, rufe ich Ali zu, er soll sich bewegen. Er macht das brav und läuft in die gegnerische Hälfte, damit ich ihm den Ball dann zuspielen kann. Sehr weit kommt er nicht, weil ihm das Tier ein Bein stellt, über das er natürlich stolpert. Woitschek pfeift das Foul, und Ali liegt am Boden und hält sich das Schienbein. Wir spielen in normalen Turnschuhen und ohne Schienbeinschützer, drum tut so ein Beinstellen schon ein wenig weh. Ich nehme den Ball und richte ihn für den Freistoß aus. Locker fünfunddreißig Meter bis zum Tor. Zumindest dreißig. Jedenfalls eine ziemliche Distanz. Normalerweise viel zu weit für einen Direktschuss, aber wenn ich mir meine Mitspieler anschaue, die stehen immer noch hinten rum, die kommen nicht mal auf den Gedanken, vorn mitzuspielen, da werde ich wohl drauflosballern müssen. Okay, war vielleicht keine gute Idee, meine Mannschaftswahl. Jetzt aber Freistoß. Meine Chance.

Ich mag zwar Messi, lass mir aber Zeit wie Ronaldo, gehe mit großen Schritten zurück, nehme viel Anlauf, warte, spucke auf den Boden und hämmere den Ball – an die Latte. Der Tormann kann dem Schuss nur zusehen, rührt sich keinen Millimeter, erst dem von der Latte zurückspringenden Ball jagt er hinterher.

Um es kurz zu machen: Das ist die beste Chance für meine Mannschaft im ganzen Spiel. Die zweimal zwanzig Minuten Spielzeit bestehen vor allem darin, Ali zu foulen und uns vierzehn oder fünfzehn Tore reinzumachen.

Als Ali mit Tränen im Gesicht am Mittelkreis herumhumpelt und keine zwei Schritte mehr gehen kann, denke ich, jetzt reicht es aber wirklich. Ich sage ihm, er solle bleiben, wo er ist, und ich stelle mich vor ihn und fange die Angriffe auf ihn ab.

Als Erstes kommt Schweine-Bob auf uns zu, eine wirklich leichte Aufgabe. Sogar seine Schienbeine sind wie Pudding.

Ich trete ihm kräftig dagegen. Er schreit und flucht, um nicht heulen zu müssen, und dann schleicht er vom Platz.

Die nächsten zu bearbeitenden Beine gehören einem Typen, der ziemlich gut kickt, und als er auf Ali zustürmt, grätsche ich ihn und wir liegen beide am Boden. So ist es auch beim nächsten Angriff und dann noch ein paarmal in der Art. Einen erwisch ich ziemlich schlimm, das wollte ich eigentlich nicht. Woitschek pfeift wie wild und schreit was von einer Gelben Karte.

„Was soll das, Psycho!", schnauzt mich das Tier an und ich ignoriere ihn.

Jetzt haben sie es endlich kapiert und lassen Ali in Ruhe, alle bis auf das Tier. Der will's wissen. Als der Ball in Alis Nähe kommt und der versucht, ihn zu bekommen, rammt ihn das Tier in den Boden. Bodycheck. Ich komme zu spät, hab nicht genug auf ihn aufgepasst. Ali krümmt sich auf dem Boden.

Noch ein Foul und den Rest des Jahres gibt's Bodentraining!

11

Zwei Stunden später sind die anderen längst zu Hause, schlagen sich den Bauch voll, haben Spaß oder langweilen sich, was auch immer. Alles ist besser, als wie ich hier in der Schule rumzuhängen, genauer gesagt in der Rumpelkammer von Frau Schulpsychologin. Claudia Weixlbaumer heißt sie, genau.

Der Raum ist immer noch vollgestopft mit Sachen, noch ärger sogar als gestern, eine zweite uralte Kaffeemaschine steht jetzt auf dem Boden und daneben tonnenweise Kreide in Kartons.

Es kann sein, dass es hier im Raum jetzt noch weniger Platz zum Sitzen gibt, jedenfalls sitzen wir näher beisammen als gestern. Würde ich einen Fuß ausstrecken, würde ich ihren wippenden Schuh berühren.

Durch die Nähe fällt mir auf, dass sie ein bisschen eine knubbelige Nase hat. Nicht viel, nur ein wenig. Steht ihr aber gut, die Nase.

Wieder hat sie die Kette mit den leuchtend grünen Steinen um den Hals, wieder die weiße Bluse und das schwarze Sakko, und wieder ringeln sich die Enden ihrer langen rotbraunen Haare ein. Und zum Glück hat sie auch wieder das süße Mädchengesicht, das eine Erwachsene spielt. Das jetzt lächelt.

Im Gegensatz zu mir.

Nicht, weil ich sie nicht mögen würde, ich lächle einfach nicht so oft. Ganz ohne Grund ist das so. War immer schon der Fall. Ich hab das schwarz auf weiß und auch in Farbe.

Wenn man sich nämlich Fotos ansieht, wo ich ein Baby oder ein Kind war, wird man keines finden, auf dem ich lächle oder lache. Mama ist das aufgefallen und wir haben so ein Lächelfoto gesucht. Keines da. Auf einem der Fotos kann man direkt sehen, wie ein Erwachsener uns Kindern zuruft:

„Alle jetzt lachen!", denn alle lachen auffallend lustig und gestellt. Genau, alle, bis auf mich. Ich hab extra ernst dreingeschaut. Als Teilzeit-Indianer war das Pflicht. Oder habt ihr Winnetou schon mal fröhlich ein Liedchen pfeifend durch die Prärie jagen sehen? Ich jedenfalls nicht.

Das Foto, bei dem einer ruft, dass alle lachen sollen, habe ich jedes Jahr wieder angeschaut, denn jedes Jahr an meinem Geburtstag hat Mama die alten Fotoalben aus dem Wohnzimmerschrank genommen und wir haben sie durchgeblättert. Ich hab mich zwar jedes Mal geziert, weil es mir zu kindisch war, manchmal hab ich die Fotos aber gern angesehen, ich weiß nicht, warum.

Mein letzter Geburtstag war ein wenig anders, da hat Mama nämlich nicht „Du warst so ein hübsches Kind!" oder „Das ernste Baby mit den Kulleraugen!" wie sonst immer gesagt, weil, sie hat gar nichts gesagt, sie war da schon im Wachkoma, in dem Koma also, wo kein Mensch wach ist.

Die Fotos habe ich aber auch beim letzten Geburtstag herausgeholt. Ich habe mein Lieblingsalbum aus dem Wohnzimmerschrank genommen und bin mit dem Rad in die Klinik gefahren.

Das Album hab ich auf ihren Bauch gelegt und dort hat es geschaukelt wie eine Luftmatratze, wenn wenig Wellen sind. Zum Glück schaukelt es, wenn man etwas auf Mama legt, denn sie atmet noch. Manchmal braucht sie dazu eine Maschine, manchmal geht das ganz von selbst,

46

ohne einen Schlauch im Mund. Ganz langsam hat sie geatmet, als ich neben ihr saß und ihr sagte, dass ich Geburtstag habe. Ich habe ihr meine Lieblingsfotos gezeigt, aber weil sie nur in die Luft geschaut hat, hab ich ihr erzählt, was sie nicht sehen konnte. Weil sie die Fotos so gut kennt wie ich, hat sie sicher sofort gewusst, was ich meinte.

Wenn ich zum Beispiel „Kapitän Seebär" gesagt hab, hat sie hundertprozentig gewusst, dass ich das Foto meine, auf dem ich in dem grünen Kinderwagen sitze, den Mama und Papa aus dem Müllcontainer geklaut haben. In dem haben sie mich immer durch die Wohnanlage und über die Spielplätze geschoben, und ich hatte immer ein blaues Kopftuch auf dem leider eierförmigen Kopf.

Mama hat mir oft erzählt, dass alle wussten, dass ich der Pirat mit dem grimmigen Blick war, der finster und trotzdem recht süß dreinschaute.

Sie hat mir das immer wieder erzählt und an meinem letzten Geburtstag erzählte ich es ihr zurück.

Ich dachte an das blaue Tuch, an dem mich alle erkannt haben, es hat mich beschützt und starkgemacht. Das Tuch hatte ich einen ganzen Sommer lang jeden Tag getragen.

Nach der Piratengeschichte habe ich Mama nichts mehr erzählt an diesem Tag, mir ist das irgendwie unheimlich geworden, von einer Vergangenheit zu erzählen, von der sie mir erzählt hat und an die sie sich vielleicht nicht mehr erinnern kann, sondern nur noch ich.

Ich hab dann die restlichen Fotos einfach nur angesehen, das Album durchgeblättert bis zum Schluss und nichts mehr gesagt.

Dabei ist mir eins aufgefallen: Als Baby hatte ich riesige dunkle Kulleraugen. Da hatte Mama zu hundert Prozent recht.

Und noch was sieht man auf vielen Fotos: Als ich größer wurde, wurde aus dem Piraten ein Indianerhäuptling. Und zwar einer, der die bösen Cowboys vernichtete. Mein Vater hat mir früher tausend Filme vorgespielt über gute Indianer und böse Cowboys. Zeichentrick und richtige Filme. Tausend Filme, bis ich die Weißen echt gehasst habe.

Röter kann man gar nicht sein als ich damals.

Als Häuptling wurde mir schnell klar, dass ich gegen die Weißen etwas tun musste, die mussten gestoppt werden, die bösen Cowboys. Blöderweise gab es bei uns keine Cowboys, nicht in der Nachbarschaft und nicht in der Schule, keinen einzigen. Die meisten Kinder wussten nicht mal, was ein Cowboy überhaupt ist. Man stelle sich das bitte mal vor!

Die müssen bescheuerte Väter haben.

Für eine Frau räuspert sich Frau Weixlbaumer ziemlich laut. Das freut mich nicht, weil sie mich aus den Gedanken reißt, und wenn ich es mir aussuchen kann, an Piraten und Indianer zu denken oder jetzt in diesem muffigen Raum zu sitzen und Fragen zu beantworten, dann ist die Entscheidung wohl klar.

Jetzt konzentrier dich, Luke. Je klüger du mit ihr redest, desto seltener musst du zum Verhör. Ich konzentriere mich also. Melde mich zurück, bin wieder ganz Ohr. Ich rekapituliere: Zuerst hat die Frau Schulpsychologin etwas in ihren Block geschrieben, dann hat sie sich geräuspert, dann hat sie was gesagt und jetzt schaut sie mich an und wartet.

„Danke, gut, alles okay", sage ich, weil ich vermute, dass sie gefragt hat, wie es mir geht.

Sie lächelt. Vielleicht weil sie was ganz anderes gefragt hat? Oder weil sie mich durchschaut hat? Egal, ihr kindhaftes Erwachsenenlächeln ist rein und zustimmend. Genug geplänkelt. Jetzt folgt das Verhör. Wie es so läuft in der Familie?

„Ganz okay", sage ich.

Wie ich mit den neuen Schülern zurechtkomme?

„Keine Probleme, nichts Besonderes."

Nach dieser Aufwärmrunde will sie wissen, warum ich den Bur-schen damals verprügelt habe, wie es dazu gekommen ist.

„Notwehr", sage ich.

„Er hat dich angegriffen?"

„Julian, meinen Freund, nicht mich."

Sie blättert in einer Mappe, liest ein paar Sätze, macht „mhm" und sagt:

„Hier steht, dass du überreagiert hast. Der Junge musste ins Krankenhaus gebracht werden, dein Freund hat aber keinerlei Verletzungen abbekommen."

„Ja, weil ich rechtzeitig zur Stelle war, sonst hätte die Sache anders ausgesehen."

„Warum warst du eigentlich so aggressiv? Du schlägst doch sonst nicht zu, oder?"

Ich schüttle den Kopf und zucke mit den Schultern.

„Hatte das was mit deiner Mutter zu tun?"

„Mit meiner Mutter?", frage ich zu laut.

Die Frage kam jetzt doch unerwartet. Ich will nicht über meine Mutter reden. Nicht mit ihr. Das macht mich fertig. Zu peinlich, wenn ich dann am Schluss noch anfangen würde zu heulen.

„Was soll meine Mutter damit zu tun haben? Ich habe bloß Julian geholfen. Er ist ziemlich klein, der andere war älter und viel größer."

„Also war es Zufall, dass du den Jungen genau in der Zeit verletzt hast, als du erfahren hast, dass deine Mutter nicht mehr aufwacht."

„Dass sie vielleicht nicht mehr aufwacht. Vielleicht!" Ich bin zu laut, presse die Lippen zusammen.

„Lukas, ich bin dazu da, dass du alles rauslassen kannst. Du kannst mir erzählen, was dich bedrückt."

Kurz schaue ich in ihre grünen Augen und will ihr sagen, dass es damals zu Hause einen furchtbaren Streit gegeben hat, zuerst zwischen mir und Nelly, dann zwischen uns und Mama, die geschimpft hat, weil wir gestritten haben. Mama hat sich furchtbar aufgeregt und um sich abzuregen, ist sie mit ihren Walking-Stöcken auf die Straße gegangen, und wie sie mit den Stöcken so dahin gegangen ist, ist sie plötzlich umgekippt.

Wieso zwingt sie mich, mich an diesen Scheiß zu erinnern? Ich funkle die Frau mir gegenüber an, sie schaut besorgt zurück. So als wollte sie mich gleich in die Arme nehmen. Ich muss hier raus, sonst fange ich noch an zu heulen. Also springe ich auf, laufe aus der Schule, den Kiesweg entlang zum Tor hinaus.

12

Neben dem Schultor hält eben ein Bus. Linie 18. Weil ich jetzt nicht sofort heimfahren will, steige ich einfach ein, ohne viel nachzudenken. Eine kleine Rundfahrt ist vielleicht besser, als Papa erzählen zu müssen, worüber wir gerade geredet haben.

Der Bus schaukelt durch jede Gasse hier am Stadtrand. Er biegt um eine Ecke, bremst, schnauft, Tür auf, Tür zu, gibt Gas, bremst, nächste Ecke, schnauft, Tür auf, Tür zu, gibt Gas. Der Motor brummt, alles vibriert.

Nur wenige Leute steigen ein oder aus, der Busfahrer bleibt trotzdem an jeder Haltestelle stehen, wartet ein wenig und fährt weiter. Man könnte den ganzen Tag hier drinnen sitzen und aus dem Fenster sehen. So wie ich jetzt.

Ich schaue auf geparkte Autos, Reihen von großen Bäumen, Hauszufahrten. Alles sehr sauber, eine Einfahrt sieht aus wie die andere, grüne Hecken, glänzender Lorbeer, ziemlich langweilig die Gegend, gepflegt nennt man das.

Hier im Bus ist es sehr warm, die Klimaanlage ist nicht an. Hell und Dunkel wechseln sich ab. Mal wird die Sonne durch die Blätter der Bäume ausgesperrt, dann wieder blendet sie mich. Bevor ich die Augen zumache, sehe ich noch, wie eine Mutter ihren Kinderwagen aus der Tür schiebt.

Mit geschlossen Augen im Bus zu sitzen, ist schon auch komisch, und als ich sie wieder aufmache, reißt es mich.

Mir kommt es vor, als hätte ich was gesehen. Aber was?

Das Auto. War das nicht das blaue Auto von gestern? Der Audi?

Die Bustür geht zu, es schnauft und wir fahren weiter. Zu spät zum Aussteigen. Ich knie mich auf den Sitz, schaue zurück, recke den Hals, jetzt biegt der Bus um die Ecke und weg ist der Audi.

Aber das war er. Der war doch getunt, da bin ich mir sicher, fast zumindest. Ich drücke den Halteknopf. „Wagen hält", behauptet eine rote Schrift, aber die lügt. Bis der Bus wirklich hält, sind wir schon drei endlose Ecken weiter.

Ich springe mit einem Satz raus und will schon den Weg zu Fuß zurückgehen, da kommt auf der anderen Straßenseite der Bus, der in die Gegenrichtung fährt. Ich laufe über die Straße und steige ein. Ecke, Ecke, Ecke, und ich drücke auf den Halteknopf.

Da vorne steht er ja, der blaue Audi.

Ja, das ist er, kein Zweifel, es ist auch dasselbe Kennzeichen. Jetzt, wo ich das Nummernschild sehe, erinnere ich mich dran.

Die Tür geht auf, und ich will hinausspringen, bleibe im letzten Moment aber stehen.

Der Typ, der meinen Papa geschlagen hat, steht plötzlich da, macht die Fahrertür des Audis auf und steigt ein. Was aber noch viel interessanter ist, ist die Beifahrertür. Die wird nämlich auch aufgemacht, und zwar von Gerri, dem Tier.

Darauf kann ich mir jetzt keinen Reim machen. Immer noch stehe ich in der offenen Tür, der Busfahrer schaut mich genervt an, ich drehe mich schnell weg, der Mann im Auto soll mich nicht sehen und Gerri schon gar nicht. Der Busfahrer will, dass ich mich endlich entscheide.

„Raus oder rein, was jetzt?", fragt er.

Ich sehe den blauen Audi wegfahren und dann springe ich in der Sekunde aus dem Bus, als der Fahrer den Tür-zu-Knopf drückt.

Ich schaue mich um, Beethovenstraße 17. Das ist das Haus, vor dem der Audi gestanden hat. Ich sehe mir das Haus und die Straße an. Kaum Leute zu sehen. Sehr ruhig hier.

Ich gehe zum Wartehäuschen und setze mich hin. Gerri, das Tier, und der Mann, der prügelt. Es gibt nur eine Erklärung. Gerri ist der Sohn. Während ich auf den Bus warte, der mich zurück zur Schule und meinem Rad bringen soll, checke ich die Sache auf meinem Handy. Ich finde auf der Website der Schule ein Klassenfoto, wo die Namen drunter stehen. Gerri heißt demnach Gerald Sturmgruber. Dann tippe ich Sturmgruber und Beethovenstraße in die Suchmaschine, und das Internet sagt mir, dass ich nicht länger suchen muss. Das ist unser Mann. „Roman Sturmgruber, Metzgermeister, Inhaber von Sturmgruber GmbH Fleisch & Wurst weil's schmeckt", lese ich und stecke das Handy wieder in die Hosentasche. Zwei Mal Sturmgruber. Vater und Sohn. Klein ist die Welt am Stadtrand.

13

„Papa!", rufe ich, als ich unsere Haustüre aufsperre.
Ich mach das sonst nie, dass ich ihn rufe, aber ich muss ihm sofort
sagen, was ich entdeckt habe. Papa sitzt nicht am Küchentisch, nicht auf der Wohnzimmercouch
und auch nicht, wo er früher meistens gesessen hat, am Schreib-
tisch in seinem Arbeitszimmer.
„Nelly?!" Auch sie hört mich nicht, es kommt auch keine Antwort, als ich an ihre Tür klopfe. Aber weil die heißen Tage gerade
nicht abreißen, kann ich mir denken, wo sie ist, und finde sie im
Garten. Ihre Haut ist bei Dunkeldunkelbraun angekommen und
ihr pinker Mini-Bikini ist nicht zu übersehen, obwohl er haupt-
sächlich aus einem Nichts besteht. Er leuchtet richtiggehend, da
muss sich der Nachbar nicht lang den Hals verrenken. Und als ich
ihn schnaufen höre, denke ich, das glaub ich jetzt nicht.
Es war zwar zu erwarten, dass er in seinem Garten herumhirscht,
aber trotzdem habe ich geglaubt, dass er heute nicht da ist. Nur
dieses eine Mal. Dass ich jetzt einfach da rausgehen und mit Nelly
reden kann. Ungestört. Nur dieses eine Mal, ohne die Augen von
dem alten Lustmolch zu spüren.
„Ffffft", macht er, als er sich an der Reckstange hochzieht, und
dabei natürlich niemals in die Richtung des anderen Nachbarn
schaut. Noch nie habe ich gesehen, dass er in die andere Richtung
guckt. Ich drehe mich weg, gehe wieder rein und ziehe mir meine
Laufsachen an. Was soll ich sonst machen? Ich werde durch den
Wald laufen, bis zum See, ihn umrunden und wieder zurück. Da
hab ich zwölf Kilometer Zeit, um nachzudenken. Über Gerris Vater. Und über Friesi.

Wie immer, wenn man absichtlich nachdenkt, kommt nichts dabei raus. Jetzt bin ich wieder zurück und bin kaum nassgeschwitzt. Ein gutes Zeichen, ich werde immer besser. Oder ich trainiere nicht hart genug. Die Uhr sagt mir: eine Stunde und achtundvierzig Minuten. Ein Rekord ist das keiner, aber ich fühle mich gut. Ich schüttle die Beine aus und gehe zur Haustür. Im Wohnzimmer brennt schon Licht, obwohl es nicht mal halb sieben ist. Der Herbst kommt, die Tage werden kürzer. Das Brett werde ich nachher im Dunkeln bearbeiten müssen. Ich gewöhne mich langsam an das Nacht-Training, irgendwie finde ich es sogar richtig gut, so im Verborgenen, ganz konzentriert, an die Arbeit zu gehen.

Als ich Papa sehe, verschiebe ich erst mal das mit dem Duschen. Er sitzt am Esstisch, und vor ihm liegen viele Papiere, Briefe und so. Und der Taschenrechner.

Papa sieht nicht gut aus. Die Haare sind zerfleddert, er war schon mal jünger. Da stimmt was nicht. Ich bleibe stehen und frage ihn, ob was ist. Er sagt:

„Alles in Ordnung."

Und als er sagt:

„Alles bestens", weiß ich, dass grob was nicht stimmt, weil, über Kleinigkeiten kann Papa endlos jammern. Und jetzt soll alles bestens sein? So wie er aussieht? Ich setze mich zu ihm an den Tisch und sehe viele Briefe der Sparkasse. Ich kenne die Briefe, rot und weiß, weil sie fast jeden Tag im Briefkasten liegen.

„Probleme?", frage ich noch einmal.

„Nur ein Missverständnis. Mach dir keine Sorgen. Ich mach das schon", sagt er sorgenvoll, so als würde es ausreichen, wenn sich einer die Sorgen macht und für den anderen keine mehr übrig bleiben. Ich greife nach einem der Briefe und lese Worte wie Kredit, Tilgung, Fälligstellung.

„Was bedeutet das?", will ich wissen.

„Hab bloß vergessen, die monatliche Rate für den Kredit zu zahlen. Hab einfach nicht aufgepasst. Und wegen so einer Kleinigkeit drehen die gleich durch. Wollen das ganze Geld jetzt auf einmal haben. Die wissen doch, dass das völlig unmöglich ist." „Hört sich nicht nach einer Kleinigkeit an." „Das muss ein Versehen sein. Das geht doch nicht. Die können mir den Kredit doch nicht kündigen! Wegen eines einzigen Fehlers! Jetzt, wo wir nur noch ein Einkommen haben! Die haben ja keine Ahnung, was das alles kostet, das Krankenhaus, die Pflege."

Er nimmt noch einmal einen Brief in die Hand, wahrscheinlich ist es der Brief, der heute in der Post war, und liest ihn noch einmal, so als würde jetzt was anderes drinstehen als vorher.

„Das muss einfach ein Missverständnis sein", sagt er und wackelt mit dem zerfledderten Kopf. „Ich bin seit über dreißig Jahren ihr bester Kunde. Wertpapiere, Bausparer, Privatpension, alles habe ich bei denen abgeschlossen und die haben gut an mir verdient. Und jetzt das!", sagt er sehr laut und schlägt mit der Hand auf den Brief. „Das kann doch gar nicht sein. Ich muss gleich morgen mit denen reden. Mach dir keine Sorgen, ich mach das schon, das wird schon wieder."

Wenn Papa mal so viel redet wie jetzt, hat er normalerweise ein paar Bier getrunken. Ich rieche aber nichts, keine Fahne. Als hätte er meine Gedanken gelesen, geht er zum Kühlschrank, nimmt sich ein Bier heraus, klackt den Deckel runter, der auf den Boden fällt und in eine Ecke rollt.

Er trinkt direkt aus der Flasche. Dann stellt er die Flasche retour in den Kühlschrank und setzt sich wieder an den Tisch.

Weil er so buckelig dasitzt, sollte ich ihm lieber nichts sagen von dem, was ich rausgefunden habe, vielleicht regt ihn das noch mehr auf. Aber vielleicht lenkt es ihn auch von den Briefen ab.

Außerdem will ich es sagen, darum mache ich jetzt den Mund auf.

„Ich weiß jetzt, wer der Mann ist, der dich geschlagen hat."

Papa sieht mich groß an, dann legt er die Stirn in Falten.

„Und warum ist das wichtig?"

„Weil wir jetzt was tun können."

Er reagiert nicht.

„Willst du nichts tun gegen den Mann?"

„Tun? Was denn?"

„Na, dich wehren? Ihn anzeigen oder sonst was."

Papa schaut ein paar Sekunden in die Luft, dann geht er wieder zum Kühlschrank und nimmt die Flasche mit an den Tisch. Er trinkt, und schon ist sie leer. Er streicht sich mit dem Handrücken über den Mund, so als ob er gekleckert hätte, hat er aber nicht.

„Anzeigen? Da bräuchten wir Zeugen. Außerdem bringt das nichts. Außer weiteren Ärger."

Und davon hat er mehr als genug, will er sagen, sagt es aber nicht.

„Willst du gar nicht wissen, wie er heißt?"

Er schüttelt mit eingezogenen Lippen den Kopf.

„Wozu?"

Wir sitzen da.

„Weißt du, wo Nelly ist?", fragt er. Und das Thema wäre damit gewechselt.

Weiß ich nicht, nein, ich zucke mit den Schultern, aber der Nachbar fällt mir ein.

„Friesi wird immer ärger", sage ich. Wir nennen unseren Nachbarn nur Friesi und nicht Friesenpichler, so wie er wirklich heißt.

„Was tut er denn?"

„Na, er glotzt die ganze Zeit auf Nelly. Dauernd."

„Soll sie halt nicht halb nackt rumlaufen."

„Kannst du ihm nicht einfach sagen, dass er das lassen soll?"

Papa macht einen Gesichtsausdruck, als könnte er das nicht. Er schaut zum Kühlschrank und ich gehe in den Garten trainieren.

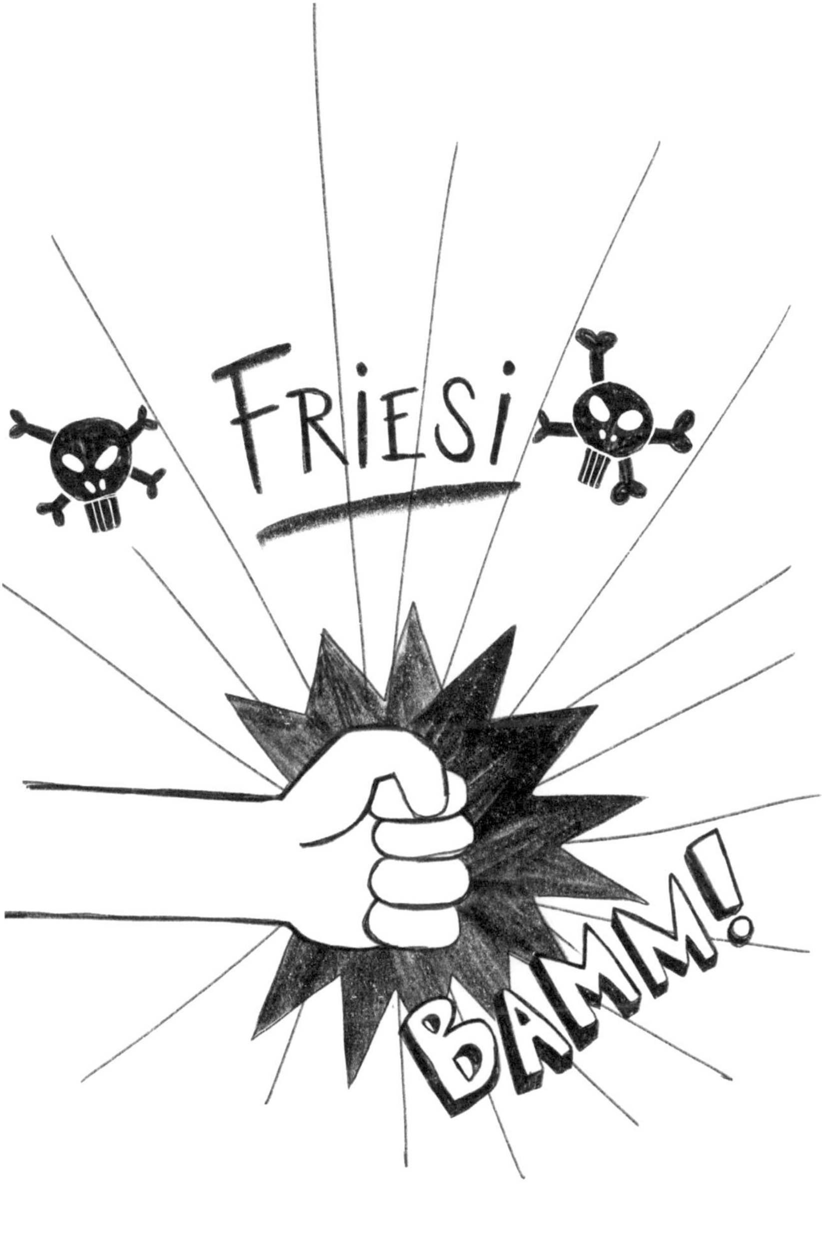
Friesi
BAMM!

14

Noch bevor ich die Augen öffne, spüre ich meine Fäuste. Sie pochen wie wild. Man könnte sagen, dass es wehtut, ich sage es aber nicht. Das Pochen ist der Lohn der Arbeit. Ich verdränge das Wort Schmerz aus dem Kopf.

Während ich so daliege und die Morgensonne ihre ersten Strahlen ans Fußende meines Bettes wirft, sehe ich mir die Hände an. Blau sind sie, ein wenig verkrustet. Ich schaue sie mir an und bin sehr zufrieden. Gestern Abend war ich sogar so sehr zufrieden, dass ich lange nicht eingeschlafen bin.

Das Brett ist durch, das Brett ist durch, habe ich in einer Tour gedacht. Ich habe es nämlich tatsächlich geschafft. Fast wollte ich aufgeben, noch einmal rechts, habe ich gedacht, und einmal noch links. Ich hätte heulen können, so weh hat es getan.

Eigentlich habe ich gedacht, dass der Schmerz nach einiger Zeit weggeht, weil alles taub wird und ich dann härter schlagen könnte, aber so war das nicht. Ich habe mich aber zusammengerissen. Hab mir gesagt: einmal noch.

Hab noch einmal rechts und noch einmal links geboxt mit aller Kraft. Das hat sich ausgezahlt. Ganz winzig nur war da ein Gefühl, dass da jetzt was passiert ist mit dem Brett. Ich wusste, ich müsste nur noch ein paar gute Schläge anbringen, um es zu knacken. Aber mehr war gestern nicht mehr drin, denn es hat schon dermaßen wehgetan, auch wenn ich das nicht zugeben mag. Ich hatte also schon aufgegeben und mich halb weggedreht, um wieder ins Haus zu gehen, da habe ich mir gesagt, scheiß drauf, Luke, und habe mich noch mal hingestellt.

Beine parallel, Bauch anspannen, Luft einsaugen, ganz lang, kein Schmerz, habe ich mir gesagt, hab Luft rausgepresst und mit rechts noch einmal hingehämmert. Ein gigantischer Moment. Jeder kennt das Geräusch, wenn Holz bricht, es war fast so, wie wenn ein dicker Ast abgeht, nur intensiver. Ich hab mir die Hand gehalten. War hin und weg. Dann bin ich reingeschlichen, damit Papa nicht das Blut sieht, habe es abgewaschen, es war viel weniger, als ich draußen geglaubt hatte, eigentlich war es fast nichts, und dann hab ich mich aufs Bett gelegt und sehr zufrieden meine starken Hände angesehen.

Papa fehlt heute am Frühstückstisch, wahrscheinlich will er ausschlafen. Nelly trinkt einen Kaffee, das ist neu, dafür isst sie nichts mehr. Sprechen mag sie so früh am Tag auch nicht, da sind wir einer Meinung.

Ich radle los und nach ein paar Minuten sehe ich schon Kathi an der Laterne stehen, an der ich mein Rad immer anhänge. Es ist erst der vierte Schultag und schon kommt Alltag rein. Frühstück, aufs Rad, mit Kathi zu Fuß durchs Schultor, morgendlicher Trubel. Ali hetzt wieder irgendwas hinterher und die anderen haben ihren Spaß.

Als Kathi und ich an ihnen vorbeigehen, kommt doch was Neues:
   „Hey Psycho!", schreit Gerri, und der Rest der Bande johlt:
   „Psycho, Psycho!"
Ich ignoriere sie, mich stört das nicht. Ein Spitzname ist besser als keiner. Wer keinen hat, ist ein Langweiler, das weiß jeder. Und Langweiler sind noch unbeliebter als Außenseiter. Langweiler existieren für die anderen gar nicht. Obwohl, eigentlich will ich hier gar nicht existieren, ich will bloß das Jahr rumkriegen und wieder raus aus der Schule. Ich habe also nichts dagegen, ein Außenseiter zu sein. Sicher, es wäre vermutlich toll, beliebt zu sein und zu den Leuten zu gehören, die den Ton angeben. Der Preis wäre aber zu hoch. Der Preis wäre, dass ich mit Leuten ab-

hängen müsste, die schon im Sandkasten immer die Burgen der anderen zertreten und nie selbst was auf die Reihe bekommen haben und auch nie bekommen werden. Entweder man ist so ein Mensch oder nicht. Ich bin es nicht.

Darum kann ich mit denen nichts anfangen. Würde ich mich verstellen und dazugehören wollen, müsste ich Gerri, das Tier, als Boss anerkennen. Ein Arschloch über mich stellen. Und bevor das passiert, steht die Welt still.

Der Unterricht langweilt mich, aber ich habe es mir schließlich selbst ausgesucht, hier zu sein. Was mich wirklich überrascht, ist, dass die Lehrer tatsächlich nett zu sein scheinen oder zumindest annehmbar und nicht nur so tun als ob.

Olaf Wenzel, so heißt unser Klassenlehrer, ist sogar supernett. Wenn einer nichts weiß, macht er ihn nicht runter. Wenn sich einer sogar echt dämlich anstellt, auch nicht. Erstaunlich. Was für ein Unterschied zum superteuren Gymnasium! Dort hieß es nur, das müsst ihr können und das und das.

Lauter kleine Roboter werden dort gezüchtet. Noten sind das Einzige, was bei denen zählt. Wenn einer was nicht schafft, wenn es einem schlecht geht, das interessiert keine Sau.

Diese neue Schule hier ist eine andere Welt, erstaun-

lich, echt. Die Unterrichtsstunden sind also relaxed, die Pausen sind aber eine andere Baustelle. Sind die Lehrer draußen, regiert die Hackordnung und ich bin noch nicht eingereiht. Sie wissen noch nicht, wie sie mich einschätzen sollen. Ich habe sie aber längst durchschaut. Ganz oben stehen Gerri und seine Handlanger. Dann kommen die Langweiler. Und dann Ali.

Und dann gibt es natürlich noch die Mädchen. Sieben, um genau zu sein. Sie sitzen in den vorderen Reihen alle beieinander, eine eigene Liga, die ich noch nicht durchschaut habe. Auch sie haben sicher eine Rangordnung, die interessiert mich aber nicht. In den Pausen stehen sie meist beisammen und lachen über Sachen auf ihren Handys. Marlene, das schärfste Mädchen der Klasse, fährt sich ständig durch die Haare und schaut oft zu den Jungs, auch wenn sie so tut, als wäre sie viel zu gut für uns. Sie schaut aber nur zu den angesagten Jungs.

Auch zu mir hat sie schon geschaut, aus Neugierde, würde ich sagen, nicht mehr. Sicher, ich sehe nicht schlecht aus, bin so groß wie die meisten anderen auch, obwohl einige älter sind als ich, bin schlank und habe Haare, die länger sind als die der

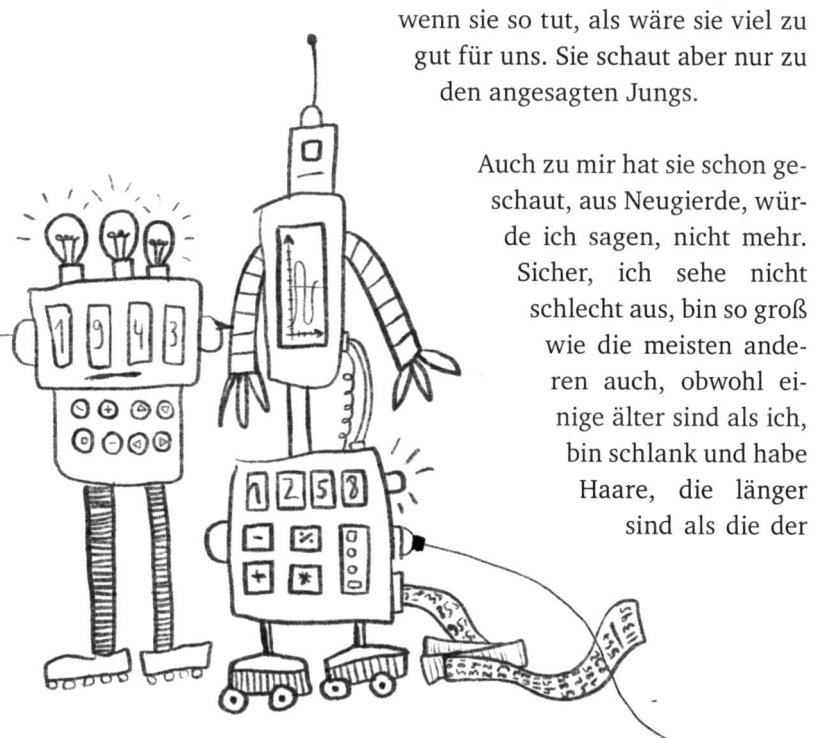

meisten anderen. Mit einer supermodernen Frisur käme ich mir blöd vor, darum lasse ich das.

Kathi kommt manchmal in den Pausen zu mir, wenn ich alleine am Fenster stehe und rausschaue. Wir sagen nicht viel, ich will hier drinnen auch keine Freundin haben. Wenn ich nicht am Fenster stehe, gehe ich möglichst raus, auf das große freie Schulgelände, und schlendere herum. Ich sehe genau, wie mich Gerri und seine Leute fixieren. Sie lauern. Vielleicht hecken sie was aus. Jetzt jedenfalls stehe ich am Fenster, die Schulglocke hat schon geläutet, Rammeder wird gleich durch die Tür kommen, steif und extrem aufrecht, um uns zu erklären, warum Gras grün und Wasser blau ist. Bio auf Höchstniveau.

Kathi stellt sich neben mich.

„Alles klar bei dir?"

„Klar", sage ich und zucke ein wenig, weil sie so dicht bei mir steht, dass sich unsere nackten Arme berühren. Die Härchen an den Unterarmen stellen sich auf. Ich rühre mich keinen Millimeter. Hammer. Jede Zehntelsekunde davon ist magisch. Ich wage kaum zu atmen, will das nicht zerstören. Leider erledigt das Schöni, die Nummer zwei hinter Gerri. Er ist der Schönste in der Klasse und auch ziemlich cool, darum kann er sich so weit oben halten. Er steht jetzt neben mir, schaut auf meine Hände, schreit zu seinen Leuten rüber, sie sollten sich das ansehen. Kathi und ich werden umringt, sie drängen sich im Halbkreis um uns, Gerri greift nach meiner Hand, ich schlage seine weg.

„Leute, alle herschauen. Schaut, wen wir da haben! Psycho mit den Bluthänden!"

Dann hat er eine Spitzenidee, man sieht es schon an seinem Gesicht, bevor er sie rauslässt.

„Kathi, Kathi. Du musst dich ein bisschen besser um deinen Psychofreund kümmern. Der Arme ist ja schon ganz wund, er sollte weniger mit seinem Ding rumspielen."

Das Proletengelächter endet abrupt und alle gehen auf ihre Plätze, weil Rammeder „Herrschaften!" sagt. Bei Rammeder reicht das. Er hat eine mächtige Stimme und muss nicht brüllen. Er ist der einzige Lehrer, der es hier drinnen mit Autorität versucht und auch Erfolg hat, wie man sieht.

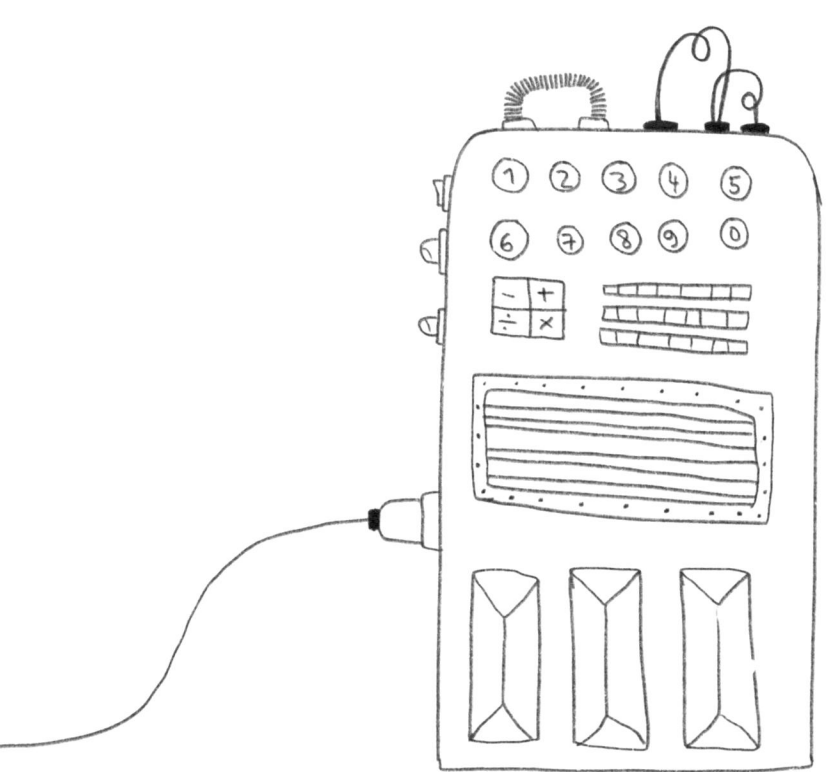

15

Wenn Wenzel einer Klasse wie der unsrigen die Größen der Literatur schmackhaft machen will, kann er einem leidtun. Er verehrt die alten Meister, aber er schafft es nicht, einen Einzigen von uns Jungs damit zu erreichen. Die meisten von uns würden freiwillig niemals ein Buch aufschlagen und schon gar keines, das in keiner Weise an Comics erinnert. Keine Chance, werter Herr Klassenlehrer.

Kathi und zwei oder drei der anderen Mädchen tun ihm den Gefallen und geben ihm das Gefühl, dass sie Shakespeare und Goethe nicht völlig für die Tonne halten, und das mag ich an den Mädchen. Sie respektieren andere, die es verdienen, in diesem Fall ist Wenzel der Glückliche.

Ich selbst lese zwar ziemlich viel, aber nicht, weil ich was lesen muss, sondern weil es Bücher gibt, die mir was geben. Während ich nachdenke, was ich jetzt gern lesen würde, zeichnet meine Hand, die linke, weil ich Linkshänder bin, mit dem Bleistift im Deutschheft rum. Sie zeichnet einen Typen, der die Arme vor der Brust verschränkt hat, den Kopf hoch oben trägt und mit muskulösen Beinen fest auf dem Boden steht. Energisches Kinn, fester Blick. Jetzt fehlen nur noch Kostüm und Umhang, und schon hab ich Superman gezeichnet. Immer wieder kritzle ich solche Figuren in Hefte und Bücher, ohne es zu wollen. Vielleicht kommt das von dem Traum, den ich so oft habe, wo ich fliege. Obwohl, im Traum hab ich kein Kostüm an, zumindest weiß ich nichts davon.

Ali stößt mich mit dem Ellbogen an und grinst. Es ist mir peinlich, dass er das hier sieht, und ich streiche die Figur durch, wieder und wieder, bis man sie fast nicht mehr erkennt. Ali findet das schade und fängt selbst an zu zeichnen.

„Es ist nicht genug, zu wissen, man muss auch anwenden; es ist nicht genug, zu wollen, man muss auch tun", sagt Wenzel eben.

„Von was redet er?", frage ich Ali.

„Goethe. Zitate."

Das gefällt mir, das Zitat. Recht hat er, der Goethe. Das schreibe ich mir ins Heft:

Man muss auch tun. Wollen allein reicht nicht.

Wieder stößt mich Ali mit dem Ellbogen an und zeigt mir mit strahlendem Gesicht, was er gezeichnet hat. Zwei Superhelden. Einen, der finster dreinschaut und groß und stark ist, und einen, der kleiner ist, ein Wuschelkopf mit Strahlemanngesicht.

Klar, wer das sein soll. Beide haben ein Kostüm an, seines ist rot, meines dunkelblau, sie passen gut zusammen. Ich verdrehe die Augen und lächle innerlich. Ein Superheld, der Gedanke hat was. Ich will mir das kurz mal vorstellen.

Wie wäre das? Wie fühlt man sich als Superman? Gut fühlt man sich, das ist klar, aber sonst? Stark. Unverwundbar. Wie einer, der handelt. Ich überlege: Wäre auch das dumme Gefühl weg, wenn man an etwas denkt, was nicht sein soll und trotzdem ist?

Darüber will ich mal intensiv nachdenken, wenn ich allein bin.
Als ich wieder zu Ali schaue, hat er was unter die Figuren geschrieben.

Heroes! Das magische Duo

Magische hat er doppelt unterstrichen. Er schaut mich an, nickt
und lächelt bestimmt. Das magische Duo. Ich lege die Stirn in
Falten und grinse blöd. Der Gedanke ist natürlich super, aber sind
wir nicht zu alt für solche Späße?
Ein Held sein, ich lächle innerlich, offenbar bin ich noch nicht zu
alt. Heroes.

Wie bestellt sagt Wenzel:

„Man kann nicht immer ein Held sein, aber man kann immer ein Mann sein."

„Stimmt auch wieder", sage ich zu Ali und frage ihn:

„Wieder Goethe?"

Ali nickt und sagt:

„Ein Held ist trotzdem besser".

Und malt seinem Krauskopf-Helden eine rote Maske ins lachende Gesicht.

16

Irgendwie ist Ali auch ohne Umhang ein kleiner Held. Er ist überhaupt nicht deprimiert, obwohl er eigentlich ziemlich viele Gründe dafür hätte. So wie ich ist er neu in der Klasse, hat keine Freunde hier, für die einen existiert er kein bisschen und die anderen gehen auf ihn los. Aber Ali macht das anscheinend nichts aus, er guckt meist vergnügt aus der Wäsche. Für einige Jungs ist er bloß „der Paki". Pakistani haben keinen guten Ruf. Ali redet zwar ohne Akzent, weil er schon mit sechs hierhergekommen ist, aber er sieht halt nicht aus wie einer von hier. Und alles, was anders ist, das lehnen halt viele ab.

Sein Leben ist aber auch wirklich anders als das der meisten anderen hier. Er lebt zum Beispiel mit dreizehn Leuten zusammen in einer Bude. Tanten, Onkel, Cousins, Cousinen und was weiß ich. Bloß die Eltern, die wohnen nicht da.

Die sind immer noch in Pakistan. Genauso wie seine zwei Brüder und vier Schwestern.

Ali hat mir das so erklärt, dass er damals, vor sieben Jahren, mit seinem Vater in unser Land geflogen ist und hier in der Stadt seinen Onkel besucht hat. Dass sein Vater dann wieder heimgeflogen ist, aber ohne ihn. Der Plan war, dass die ganze Familie nachkommt. Daraus ist bis heute nichts geworden, angeblich weil bei Alis Schwester Shabana die Hochzeit geplatzt ist. Und erst wenn sie verheiratet ist, wollen die Eltern nachkommen.

Echt erstaunlich ist, dass in Pakistan die Eltern die Männer für die Töchter aussuchen und dass man dort schon in meinem Alter heiraten darf. Manchmal sind es Kinder, die alte Säcke heiraten müssen, sagt Ali. Die Mädchen haben nichts zu melden, die werden nicht mal gefragt.

Echt lustig der Gedanke, dass Papa Nelly mit einem Rauschebart verheiraten könnte.

Nellys Gesicht würde ich da gern sehen. Vielleicht wäre mein Schwesterherz so einem Pädophilen aber eh zu alt, jetzt wo sie schon fünfzehn ist. In Pakistan würden wir für sie wahrscheinlich nur ein paar Ziegen und vielleicht eine Kuh bekommen.

Ali hat mir erzählt, dass das bei ihnen oft so läuft, dass man sich also eine Frau oder auch mehrere im Grunde kaufen kann. Ich kann mir aber nicht vorstellen, dass das wirklich so stimmt. Ali kann sich ja selbst kaum noch an sein Land erinnern und erzählt wahrscheinlich dummes Zeug, das ihm sein Onkel erzählt.

Und noch was, was ich nicht recht glauben kann.

Ali sagt, dass seine Familie in einer Stadt lebt, in der weit mehr Menschen leben als in unserem Land hier zusammen. Und dass der ganze Müll dort einfach am Stadtrand auf einen Haufen geworfen wird und dadurch riesige Berge entstehen. Und er sagt, dass sein Vater und viele andere Männer mit Baggern und Raupen auf diesen Bergen, die rauchen und stinken ohne Ende, den ganzen Tag rumfahren.

Ich kann mir keinen Reim drauf machen, warum die auf dem Müll rumfahren, das muss ich Ali noch fragen.

Jedenfalls fährt sein Vater dort angeblich immer noch mit dem Bagger rum, und Ali wartet immer noch auf ihn und die Familie.

Obwohl, ich glaube, er wartet nicht mehr wirklich.

Würde er warten, würde er weniger lachen.

17

Nach der letzten Stunde muss der Psycho bei Frau Psycho antanzen. Noch zehn Minuten, dann muss ich in die Rumpelkammer. Das wird eine peinliche Sache, weil ich gestern mitten in der Sitzung einfach rausgerannt und dann auch nicht wieder zurück bin. Jetzt muss ich aber erst mal Ali loswerden, er will, dass wir gemeinsam mit den Rädern heimfahren. Er wohnt zwar in einem anderen Viertel als ich, möchte mich aber zu mir begleiten und dann weiterfahren. Dass ich mal zu ihm komme, will er nicht. Vielleicht ist es ihm peinlich, dass er kein eigenes Zimmer hat, keine Ahnung.

Alle anderen sind schon aus der Schule raus, Ali steht noch in der Tür zum Klassenzimmer und ich sitze auf unserer Schulbank und suche nach einer Ausrede. Weil mir keine einfällt, sage ich ihm die Wahrheit. Dass ich zur Psycho muss.

„Zum Vogeldoktor?", fragt er.

Er hat sich zu mir auf den Tisch gesetzt. Wenigstens muss ich jetzt nicht die zehn Minuten allein absitzen und warten. Ich bestätige seine Frage.

„Und was redet ihr da?"

„Alles Mögliche. Über die Schule, meine Mutter, wahrscheinlich wird sie bald über den Sinn des Lebens reden wollen und was ich mal werden will, so was halt."

„Und? Was willst du mal werden?"

Ich zucke mit den Schultern.

„Keine Ahnung. Du?"

„Tänzer!"

Ali schwingt seinen Allerwertesten vom Tisch und macht eine theatralische Drehung. Ich sehe ihn überrascht an. Vielleicht schaue ich auch komisch, jedenfalls sagt er:

„Nein, ich bin nicht schwul. Ich tanz einfach gern. Es ist wirklich geil. Mach's einfach mal, wirst schon sehen."

„Wie kommst du denn auf so was?"

„Die Show im Fernsehen. Der Typ, der die letzte Staffel gewonnen hat. Da habe ich gewusst, Ali, das willst du auch. Eigentlich hab ich mir das immer schon gewünscht, aber nur ganz heimlich. Als kleines Kind hab ich mir oft die Bollywood-Filme angeschaut und das war riskant, weil es verboten war."

„Aha. Filme sind bei euch verboten, soso", sage ich, weil alles glaube ich ihm nicht, was er so erzählt.

„Nein, aber Filme aus Indien will mein Papa nicht im Haus haben. Er hasst alles aus Indien. Dabei sind wir eigentlich selbst irgendwie Inder. Meine Urgroßeltern haben in Indien gelebt, nach der Teilung des Landes mussten sie nach Pakistan, also in den anderen Teil des Landes. Es war damals ein furchtbarer Krieg, und Papa erlaubt es nicht, dass irgendjemand was über Indien sagt oder dass wir die Filme sehen."

„Tänzer also", sage ich und sehe ihn mir an. Das passt eigentlich recht gut zu ihm. Besser als Müll schippen jedenfalls.

„Du wirst also kein Baggerfahrer? Ich dachte, bei euch machen die Söhne dasselbe wie die Väter?"

„Ich werd kein Dreckschieber. Never!"

„Und was sagt dein Vater zum Tanzen? Brotlose Kunst? Du wirst verhungern ohne richtigen Beruf?"

Ali lacht los.

„Mein Vater! Als ob ich dem das sagen könnte. Der würde mich sofort nach Pakistan zurückschleifen!"

„Und was wäre so schlimm daran?"

„Luke, ich will Tänzer werden. Das geht dort nicht. In unserem Land gibt es Leute, die sagen, Musik und Tanzen sind Teufelszeug. Und erst recht Männer, die tanzen, das geht gar nicht!"

„Und dein Vater?"

„Der würde dafür sorgen, dass ich kein Tänzer mehr sein will."

„Wissen es dein Onkel und die Tante hier?"

„Nein. Luke, du bist der Einzige. Und das muss auch so bleiben."

„Klar." Ich nicke.

Wir rutschen vom Tisch, die Pflicht ruft. Die Pflicht befindet sich ein paar Türen weiter, und eigentlich gehe ich sogar gern durch diese Tür, schon komisch.

Frau Weixlbaumer will sich nichts anmerken lassen und tut so, als ob gestern nichts gewesen wäre.

„Schön, dass du gekommen bist, Lukas, setz dich doch", sagt sie freundlich wie immer und deutet auf den Stuhl ihr gegenüber. Irgendwer hat hier drinnen aufgeräumt, es ist zwar immer noch eine Rumpelkammer, aber eine aufgeräumte. Die Stühle stehen alle beisammen, auch die Tische und der Kleinkram.

Auch Frau Weixlbaumer hat sich verändert, ich brauche drei Sekunden, bis ich es raushabe: Die grüne Kette ist zwar dieselbe, aber sie hat eine rote Bluse an und einen schwarzen engen Rock, mit dem sie nicht so gut sitzen kann. Sie zupft daran und tut sich schwer, die Beine übereinanderzuschlagen. Ich sehe, dass sie im Rock längere Beine hat, als wenn sie eine Hose anhat. Das sieht top aus, aber konzentrieren kann man sich da weniger gut auf das, was sie sagt.

Obwohl, am Anfang muss man eh nicht drauf aufpassen, was sie sagt, weil, sie sagt in den ersten Minuten eh immer nur langweilige Sachen, so als ob man erst eine Zeit lang rumreden müsste, um das zu sagen, was man eigentlich sagen will. Dass sie das tut, zeigt, dass sie trotz ihres Mädchenlächelns eine Erwachsene ist, denn nur Erwachsene reden so.

„Hey, Eierkopf, was ist los? Warum bist du gestern einfach abgehauen? Fängst wohl wieder an zu heulen, wenn man über deine Alte redet?" Solche Sachen würde sie nie sagen, weil, Erwachsene reden erst mal drumrum.

Na toll, sie grinst mich schon wieder an, ich hab also meinen Einsatz verpasst. Jetzt tue ich mal nicht so, als hätte ich zugehört und frage:

„Tschuldigung, was haben Sie gesagt?"

„Dass es wahrscheinlich gut wäre, über deine Mutter zu sprechen."

Da bin ich mir nicht so sicher. Aber vielleicht hat sie ja recht. Und heute bin ich besser drauf als gestern, also dann wollen wir mal.

„Und was genau?"

„Wie geht es dir damit? Dass sie im Krankenhaus liegt?"

Klar zucke ich erst mal mit den Schultern, aber weil sie mich so ansieht, als würde sie ewig auf eine Antwort warten, überlege ich jetzt wirklich, wie es mir dabei geht.

„Wenn sie so daliegt in ihrem großen Bett und in die Luft schaut – das ist schon heftig. Nicht nur für mich, auch für Papa und sicher auch für meine Schwester. Ohne meine Mutter läuft bei uns zu Hause gar nichts mehr." Mir flutscht ein Bild durch den Kopf. „Sie war wie ein Planet und wir wie Monde, die um sie gekreist sind", sage ich echt überrascht, denn gedacht habe ich diesen Satz vorher noch nie.

„Und dann war deine Mutter plötzlich weg. Wie ist es dir damals gegangen, als es passiert ist?"

Damals war das schon krass, und ich schiebe solche Gedanken immer sofort weg. Jetzt werde ich gezwungen, daran zu denken, und die Spucke lässt sich nur schwer runterschlucken. Ich darf aber nicht zu viel nachdenken, sonst laufe ich gleich wieder raus. Darum rede ich jetzt so schnell wie möglich, um nicht viel denken zu müssen.

„Ich hab es Ihnen ja schon gestern gesagt, wir haben gestritten, bevor es passiert ist. Wir haben uns blöd aufgeführt, meine Schwester und ich, und da ist meiner Mutter der Kragen geplatzt und sie ist aus dem Haus gegangen. Sie ist oft laufen gegangen oder mit den Stöcken spazieren, wenn wir sie geärgert haben."

„Sie ist also im Streit gegangen", stellt sie fest. Ich nicke. Das hatten wir doch schon. Warum reitet sie darauf herum?

„Lukas, es ist ganz natürlich, dass du dich da schlecht fühlst. Aber du darfst dich nicht schuldig fühlen. Das, was passiert ist, wäre auch ohne den Streit passiert. Wenn du dir was anderes einbildest, wäre das wirklich schlimm. Es gibt da keine Schuld. Dein Vater sagt, dass die Ärzte das auch sagen. So etwas passiert einfach. Egal ob man sich streitet oder nicht."

Sie sieht, dass ich das nicht glauben kann. Denn, klaro, hab ich im Internet nachgelesen, und da steht, dass so was passieren kann, wenn man sich furchtbar aufregt und dann: peng! Arterie platzt, Hirn kaputt, Schluss mit lustig.

„Wenn ich wiederkomme, will ich eine Entschuldigung. Aber eine richtige, hat sie gesagt", sage ich und schaue auf den Boden. Die Psychofrau sieht mich an, macht den Mund auf, das merke ich, weiß aber nichts zu sagen.

„In ein paar Tagen ist sie ein Jahr weg. Was ist, wenn sie nie wiederkommt? Wie soll ich mich dann entschuldigen?"

Ich schaue immer noch zu Boden. Die guten Ratschläge, die jetzt kommen, höre ich mir nicht wirklich an, weil ich weiß, dass die nur heiße Luft sind. Ausbaden werde ich das alleine müssen. Fragt sich bloß, wie?

18

Wie ich das hasse, so weinerlich zu sein. Soll mir nicht noch mal passieren. Ich vertschüsse mich durch den Torbogen des Schulgeländes und kicke eine Coladose vom Weg. Kaum ist man hier draußen, spürt man den Duft der Freiheit. Am liebsten würde ich jetzt rennen oder mich am Boxsack austoben, um das ungute Gefühl loszuwerden.

Das Schloss meines Rads wurde nicht geknackt und so knie ich mich hin und drehe an den Zahlen, um es zu öffnen. Da höre ich ein Quieken oder ist es ein Weinen oder was?

Ich stehe auf und sehe mich um. Hinter einer niedrigen Mauer ist ein schäbiger alter Spielplatz, wo sich normalerweise keine Kinder, sondern eher komische Gestalten herumtreiben.

Jetzt ist es wieder zu hören, da schreit oder weint doch einer. Ich springe über die Mauer und laufe geduckt in Richtung Spielplatz. Jede Menge Bäume geben mir Deckung. Für einen gelernten Indianer ist Anschleichen keine große Sache. Hinter dem letzten dicken Baumstamm bleibe ich stehen und spähe.

So was in der Art dachte ich mir schon.

Ali ist offenbar nicht nur vor dem Unterricht ein gefragter Spielball, sondern auch danach.

Es sind zwei.

Der eine ist Schweine-Bob und der andere ist der kleine Raffi aus der Parallelklasse, der wohl Raffael heißt.

Schweine-Bob hält Ali von hinten fest und umklammert ihn mit beiden Armen, darum steht Ali wie gefesselt da, und Raffi versucht, ihm die Hose runterzuziehen. Würde mich nicht wundern, wenn sie Ali dann mit dem Handy filmen, um ihr Werk rumzuschicken. Wahnsinnig lustig.

Ali wehrt sich mit den Füßen, so gut er kann, und versetzt Raffi einige Tritte. Der flucht, gibt aber nicht auf. Irgendwann wird Ali die Puste ausgehen.

Es ist ja wohl keine Frage, dass ich da jetzt eingreifen muss, es geht mir einfach auf die Nerven, wenn man sich immer an denen vergreift, die sich nicht wehren können. Ich stehe einige Meter hinter Schweine-Bob und gehe jetzt zu ihm hin. Er hört und sieht mich nicht, auch Raffi bemerkt mich erst, als ich nur noch zwei Schritte hinter Schweine-Bob bin. Er schaut mir erschrocken ins Gesicht, sagt „Psycho", um Schweine-Bob zu warnen. Raffi, der Feigling, lässt Alis Beine los und haut ab.

Ein Spitzname wie Psycho hat seine Vorteile, kein Zweifel. Ich warte, bis sich Schweine-Bob nach mir umdreht und fauste ihm auf den Oberarm. Der Schlag ist hart, er verpufft aber in der schwabbeligen Fleischmasse seines Armes. Trotzdem reicht er aus, damit er Ali loslässt.

Er reibt sich die getroffene Stelle, verzieht das Gesicht, schaut sich um, greift nach einem verrosteten Eisenstab, der einmal Teil eines Klettergerüsts war, und droht mir damit. Damit macht er mir ehrlich eine Freude. Tausendmal habe ich den Tritt geübt, so wie ihn Kickboxer machen, jetzt kann ich ihn endlich mal in echt ausprobieren. Eine halbe Drehung, mein rechtes Bein schnellt hoch, zack, Treffer. Das rostige Ding fällt zu Boden, Schweine-Bob heult auf. Und will sich aus dem Staub machen.

„Nix da", sagt Ali, und stellt ihm ein Bein in den Weg, das Bob in den Staub schickt. „Komm, halt ihn fest, jetzt machen wir es umgekehrt!", schreit mich Ali an und lacht.

Ich weiß nicht recht. Eigentlich sollte das genug sein. Aber Ali will das unbedingt, versucht Schweine-Bobs Beine zu fassen und bekommt jede Menge Tritte ab, die er lachend wegsteckt.

„Komm schon, komm endlich!"

Okay, Ali soll sich auch mal amüsieren, warum eigentlich nicht, denke ich und drehe den am Boden liegenden Schwabbelarsch auf den Bauch, was gar nicht so leicht ist, er wiegt sicher das Doppelte wie ich. Ich fixiere seine Arme.

Während er schreit und flucht, zieht ihm Ali die Schuhe von den Füßen und die Shorts vom Hintern. Ali nimmt die Shorts, sieht sich um und klettert mit seiner Beute auf den weißen Fahnenmast, auf dem schon lange keine Fahne mehr gehisst wurde. Der Mast ist eher mickrig, vielleicht vier Meter hoch. Ali braucht nur ein paar Sekunden, bis er oben ist, und wedelt mit der Hose rum. Dann steckt er sie auf die Spitze des Mastes.

Die neue Hosen-Fahne hängt schlaff herunter, schlaff wie ihr Besitzer ist sie. Ob sie bei Wind ein wenig flattert?

Eher zweifelhaft.

Schon ist Ali wieder unten am Boden, und ich lache eine Weile mit ihm, während Schweine-Bob versucht, sich seine Hose zurückzuholen. Ali hält mir seine rechte Handfläche entgegen, ich schlage ein. Wir schauen zu, wie Schweine-Bob in Unterhosen versucht, auf den Mast zu klettern. Er kommt nicht hoch, keinen Zentimeter.

„Keine Chance", sage ich.

Ali nimmt sein Handy raus und filmt.

„Lass", sage ich.

„Ein paar Sekunden Filmvergnügen. Nur für mich", sagt Ali selig.

19

Papa macht es nicht mehr lang. Als ich heimkomme und ins Haus gehe, ist er immer noch im selben fleckigen Trainingsanzug, den er schon in der Früh anhatte. Und jetzt ist später Nachmittag. Das Grau ist schon so ausgebleicht, dass es wie ein dreckiges Weiß aussieht. Das Gewand passt heute zu Papa, beide sind völlig hinüber.

Genauso wie die ganze Wohnung. Man kann es nicht mehr übersehen, dass da schon lange keiner mehr aufgeräumt oder gar geputzt hat. Mich stört das zum Glück kein bisschen. Nur die Flaschen werden langsam zu viele. Normalerweise bringt Papa eine geleerte Bierflasche sofort in die Garage, bevor er die nächste Flasche aus dem Kühlschrank nimmt, aber jetzt stehen Flaschen auf dem Wohnzimmertisch, neben der Spüle und eine liegt sogar auf der Couch. Und daneben liegt Papa.

Und noch was fällt mir auf: Wer sagt, dass ein Dreitagebart sexy ist, der guckt zu viel Fernsehen. Das sieht nur abgewrackt aus und sonst nichts.

Ich stehe in der offenen Terrassentür und sage nichts. Besser, Papa sieht mich nicht. Er murmelt was von Gaunern, ob er wach ist oder schläft, kann ich nicht sagen. Wenn er von Gaunern redet, meint er die Bank. Die Hausbank, wie er immer verächtlich sagt. Die Bank, die dir das Haus nimmt.

Papa redet in letzter Zeit oft über die Hausbank, auch wenn er nüchtern ist. Lang und breit redet er. Weil, die Geschichte ist auch eine lange. Wenn ich es erklären müsste, würde ich es so zusammenfassen:

Damals, als ich auf die Welt gekommen bin, ist die Wohnung in der Stadt zu klein geworden. Und da haben Mama und Papa eine

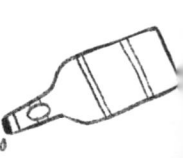

größere gesucht. Sie haben gesucht und gesucht, aber keine gefunden.

Da ist Papa Gunnar eingefallen, ein alter Schulfreund, der bei einer Bank arbeitet. Und der hat ihm geholfen. Er hat ihm gesagt, wer in einer Mietwohnung lebt, ist selber schuld. Der zahlt ein Leben lang Miete und am Ende hat er nichts. Das hat Papa eingeleuchtet, und als Gunnar ihm gesagt hat, dass er ein einmaliges Spitzenangebot hat, das aber nur jetzt gilt und dass man da einfach zugreifen muss, wenn man bei klarem Verstand ist, da hat Papa zugegriffen.

Das Angebot war so spitze, weil es da ein Zauberwort gab und das Wort lautete Kredit. Und zwar ein ganz besonderer Kredit, einer in einer fremden Währung, im Schweizer Franken nämlich. Der Zauber dieser Schulden besteht darin, dass man kaum Zinsen zahlen muss. Und das Allerbeste an Gunnars Plan: Man muss den Kredit erst in fünfundzwanzig Jahren zurückzahlen! Bis dahin sollte Papa jeden Monat eine kleinere Summe in Aktien ansparen und es wäre dann so gut wie sicher, dass die Aktien am Schluss so viel wert seien wie der Kredit. Da war sich Gunnar bombensicher. Eine super Sache also.

Nur einen Haken gab es: Papa musste sich sofort entscheiden. Jetzt oder nie.

Weil es solche Chancen nur einmal im Leben gibt, wie Gunnar gesagt hat, und auch, weil ich Mamas Bauch von innen schon ziemlich ausgebeult habe und Papa deshalb recht aufgeregt war.

Da hat er zu seinem Schulfreund gesagt: „Okay Gunnar, wenn das wirklich so eine gute Sache ist, dann her mit den Papieren."

Klüger wird man leider oft erst hinterher, das gilt auch für Papa. Jetzt liegt er betrunken auf dem Sofa und hat für Gunnar und die Bank nur noch ein Wort parat. Gauner.

Das Problem ist nämlich, dass die Zinsen gestiegen sind, die Aktien dafür gefallen. Und das Oberproblem ist, dass der Euro jetzt

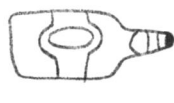

im Verhältnis zum Franken enorm gefallen ist. Umgekehrt wäre es besser gewesen. Das klingt ziemlich langweilig, heißt aber, dass die Schulden mit einem Schlag wahnsinnig gestiegen sind. Papa hat das so erklärt: Wenn wir mal die Summe zurückbezahlt haben, die wir ursprünglich geliehen haben, bleibt vielleicht derselbe Betrag noch mal offen. Soll heißen: Noch mal so viele Schulden wie am Anfang. So viel Bier kann er gar nicht trinken, um das zu vergessen. Und wenn er es an guten Tagen doch mal vergisst, dann fährt ein schwarzer Mercedes auf der Straße vorbei, und Papa beißt die Zähne zusammen. Denn im Mercedes sitzt Gunnar, er wohnt nur ein paar hundert Meter von unserem Haus entfernt und ist in der Filiale um die Ecke jetzt der Chef. Man sieht sich also ständig und das macht das Vergessen schwierig.

Das alles wäre nicht passiert, wenn wir damals vor dreizehn Jahren kein zusätzliches Zimmer gebraucht hätten. Aber mich hat ja keiner gefragt, ich hätte kein Problem gehabt, bei Nelly im Zimmer auf dem Boden rumzukrabbeln. Meinetwegen hätten sie kein Haus kaufen müssen.

Papa macht einen Schnarcher und murmelt lallend:

„Soll ich eine Bank ausrauben oder wie stellt ihr euch das vor?" Und dreht sich vom Rücken auf die Seite.

20

Ich überlege, ob ich Papa aufwecken soll, werde dabei aber von einem Geräusch gestört, das mich nervt. Weil es von Friesi kommt. Die Heckenschere. Jeder normale Mensch macht solche Arbeiten, wenn man nicht so schwitzen muss, Friesi macht sie aber gerade dann, wenn man schwitzen kann. Dann nämlich, wenn die Sonne runterbrennt und Nelly sich ihren Hautkrebs holt. Heute ist sogar Nelly genervt, weil die Heckenschere sich in die Musik mischt, die sie sich via Kopfhörer reinzieht.

„Das dritte Mal schon!", schreit sie mir zu. Ich schaue aus dem Fenster zu ihr raus, sie zeigt auf den Nachbarn, der so tut, als sähe er uns nicht. Ganz vertieft in seine schweißtreibende Arbeit, der fleißige Mann.

„Das dritte Mal!", schreit Nelly noch einmal. Ihr reicht es und sie schleift die Luftmatratze in den hinteren Teil des Gartens, dort wo mein Trainingslager ist. Da ist es zwar schon fast überall schattig, aber viel ruhiger.

„Das dritte Mal schon", hat Nelly gesagt, und jetzt schnalle ich, was sie meint.

Friesi schneidet die Hecke diesen Sommer nicht zum ersten Mal. Wenn er so weiter macht, geht ihm das Grünzeug bald nur noch bis an die Knie.

Mir ist völlig klar, warum er so gern an der Hecke rumfummelt.

Erstens kann er dabei ungeniert glotzen, er arbeitet ja am Zaun und da lässt es sich gar nicht vermeiden, rüberzuschauen. Zweitens sieht er umso mehr, je niedriger die Hecke ist. Als er mit dem Schnippeln fertig ist, hört man es wieder.

„Ffffft." Der Sportsmann an der Stange.

Hat sich hochgezogen und begutachtet die neue Aussicht. Er kann jetzt bestimmt noch viel besser jede Ecke bei uns ausgaffen. Alter, jetzt reicht es langsam, wirklich.

21

Weil die ganze Situation zu Hause nicht lustig ist, Papa besoffen auf dem Sofa, Nelly genervt und auch nicht wirklich ansprechbar – und der Nachbar sowieso zum Erschießen –, überlege ich, was ich noch machen könnte. Ich wehre mich einige Sekunden gegen den Gedanken, dass ich eigentlich Mama besuchen sollte, aber dann setze ich mich doch aufs Rad und fahre los.

Das Reingehen in das Haus der Kranken ist wie ein Rausgehen aus dem normalen Leben. Ich könnte gern darauf verzichten. Jetzt und auch sonst. Kein Vergnügen, wirklich nicht. Aber es ist Teil meines Lebens geworden, hilft nichts. Kurz sehe ich Maria, sie huscht aus einer Tür, lächelt zu mir rüber und huscht in die nächste Tür. Zimmer 117. Ich klopfe, wie immer, es könnte ja jemand zu Besuch sein. Ist aber nicht so. Nur ein Bett steht im Raum, Einzelzimmer, immerhin. Wenigstens ist man meist ungestört. Ob das Mama auch gefällt? Hoffentlich wird sie mir das einmal sagen können. Ich setze mich auf den Stuhl neben dem großen weißen Bett und schaue. Die Frau wird mir von Mal zu Mal ein klein wenig fremder. Es fällt mir schwer, mit ihr zu reden. Maria sagt immer, ich soll mit ihr so viel reden wie nur möglich, und zwar so, als würde sie mich verstehen. Was nicht leichtfällt, hat sie doch noch nie auch nur piep gesagt oder wenigstens mit den Augen gezwinkert oder irgendwas getan, was man so deuten könnte, als wäre sie geistig da und als könnte sie mich tatsächlich hören. Maria sagt immer, dass mich Mama sicher hören kann und dass sie mich spürt, wenn ich ihre Hand berühre. Dann fühlt sich

Mama nicht so allein, sagt Maria, und das kann entscheidend dafür sein, ob sie wieder aufwacht oder nicht.

Maria selbst redet ständig mit ihr. Immer sagt sie Dinge wie: „Schauen Sie, Frau Meinrad, wie die Sonne scheint. Der Himmel ist einfach herrlich blau heute." Oft erzählt sie ihr lustige Sachen und manchmal schimpft sie auch über die Ärzte. Maria macht das wirklich gut, wie sie ihre Patienten behandelt.

Ich weiß nicht, ob ich immer reden könnte, wenn keiner antwortet. Wenn ich einen Witz erzähle, soll einer lachen.

Maria ist ein Schatz, so viel ist klar.

Ich soll also mit Mama reden. Die Ärzte sagen zwar, dass niemand weiß, ob sie uns hören kann, aber Maria ist sich da ganz sicher. Und sie muss es ja wissen, immerhin ist sie den ganzen Tag bei Patienten wie Mama, und die Ärzte kreuzen nur für ein paar Sekunden am Tag auf und weg sind sie wieder.

Reden geht ja noch, aber das Berühren fällt mir immer schwerer. Ich bräuchte nur einen winzigen Beweis, dass Mama irgendetwas fühlt, denkt, hört oder sieht. Maria sagt, dass ich unbedingt daran glauben muss, dass Mama hier bei mir ist und nicht abgetaucht in irgendeine Totenwelt. Es fällt mir aber schwer, das wirklich zu glauben. Wie sie so daliegt und mit offenen Augen verloren ins Nirgendwo starrt, weiß ich manchmal gar nicht mehr, wie sie war, die Frau, die meine Mama ist.

Damit ich sie nicht noch mehr verliere, schließe ich meine Augen, um mich zu erinnern. Bei jedem Besuch muss ich mich mehr und mehr konzentrieren, damit ich nicht alles vergesse.

Die Bilder im Kopf brauchen einige Zeit, bis sie kommen, manchmal bleibt es auch schwarz. Wenn nichts kommt, stelle ich mir einfach einen Tag vor, wie er früher immer war.

Mit einem freundlichen „Guten Morgen" hat sie uns geweckt; als ich noch klein war, gab's dazu einen Kuss auf die Stirn, in letzter

Zeit nicht mehr. Dann hat sie uns angetrieben, um all das zu machen, wovon Erwachsene glauben, dass es sein muss, erst lieb und wenn wir uns nicht rührten, auch lauter. Waschen und so weiter, kennt ja jeder. Ich weiß nicht, wann sie das Frühstück gemacht hat, jedenfalls stand es jeden Morgen schon auf dem Tisch.

Papa hat da immer noch geschlafen, er ist nicht so früh aufgestanden wie wir. Er musste ja in kein Büro, sondern nur an seinen Schreibtisch zu Hause.

Jedenfalls hat uns Mama immer gesagt, das und das müssten wir tun, und das hat sich jeden Tag wiederholt. Freiwillig haben wir nie einen Handgriff gemacht, in der Früh ist man einfach noch müde und will das alles nicht. Sie hat nie aufgegeben und uns jeden Tag angetrieben. Die Geduld muss man haben! Ich hätte sie nicht.

Danach hat sie sich um die nächsten Kinder gekümmert, sie hat nämlich in einer Krabbelgruppe gearbeitet. Das muss man sich vorstellen! Freiwillig noch mehr Kinder erziehen.

Obwohl, Kinder konnte man die Würmer noch gar nicht nennen. Das waren Babys! Schissen in die Windeln, robbten auf dem Boden rum, machten „ah" oder „ma", weil reden konnten die noch nicht. Warum man solche Babys nicht selbst erzieht, sondern sie meiner Mama aufhalst, das verstehe, wer will.

Nach der Arbeit ist sie am frühen Nachmittag heimgeradelt, wieder zu uns. Also wieder Kinder, dieses Mal aber richtige, also größere und die eigenen. Wieder kochen, wieder antreiben, damit wir unsere Hausaufgaben machen. Leider haben wir kaum mal freiwillig unsere Hefte und Bücher rausgeholt, denn die haben uns genervt und das wiederum hat Mama genervt.

Auch sonst war sie eigentlich immer um uns herum oder mit uns unterwegs. Beim Zahnarzt, beim Ohrenarzt und allen anderen Tierquälern, beim Elternsprechtag, beim Vorsingen, bei Kindergeburtstagen, einfach immer und überall war sie dabei.

Später dann hat sie das Abendessen gerichtet, uns wieder angetrieben, die Zähne zu putzen, und uns ins Bett gebracht.

Wenn ich mir das jetzt so im Nachhinein ansehe, hätten wir es ihr sicher leichter machen können. Ich glaube, ich habe ihr kein einziges Mal Danke gesagt, für das, was sie für mich getan hat, auch wenn mich Papa manchmal dazu aufgefordert hat.

Papa selbst haben wir zwar auch jeden Tag gesehen, aber immer nur kurz.

„Hallo Kinder, wie geht's", und weg war er wieder, meist in seinem Arbeitszimmer, oder er fuhr mit dem Auto weg.

Mama war Familie, Papa eher ein Zuschauer, ein Gast, der kommt und geht. Er war zwar ein Teil von uns, aber irgendwie auch nicht. Keine Frage, er hat uns alle gern, aber er kann das nicht so zeigen. Generell ist er ein Mensch, der nicht so kann, wie er gern möchte. Er möchte alles gut machen, schafft es aber nicht.

Früher war mir das alles überhaupt nicht klar, aber jetzt bin ich mir ziemlich sicher, dass Papa vielleicht ein zu guter Mensch ist, zu weich. Immer denkt er auch für andere mit, überlegt, was der und der wohl braucht und kommt dabei ins Grübeln.

Die logische Folge: Er tut nichts. Löst keine Probleme, haut nic auf den Tisch. Immer wenn es ein Problem gab, war Mama diejenige, die da war, um es zu lösen. Für uns alle war sie da. Für Nelly, für mich und auch für Papa.

Wenn sie mal ausnahmsweise weg war, weil sie einen Tag lang ein Seminar hatte, dann gab es keine Familie. Das klingt vielleicht übertrieben, stimmt aber. Dann war jeder er selbst und sonst gab es nichts. Papa hat es erst gar nicht versucht, Familie zu spielen, das ist nichts für ihn.

„Ihr wisst, wo der Kühlschrank ist", hat er genervt gesagt, nachdem er einmal was gekocht und wir sein Essen kaum angerührt hatten. Es war uns nicht mal klar, was er uns da vorgesetzt hatte, jedenfalls, nein danke. Er hat uns zu nichts angetrieben, das fanden wir gut und auch wieder nicht. Im Grunde hat er so

ziemlich gar nichts gemacht mit uns. Ich kann das auch verstehen, ich könnte auch nicht Mama spielen.
Jedenfalls kann man sagen, Mama war das Zentrum der Familie und wir die Trabanten. Sie hauchte dem Ganzen Leben ein. Uns, dem Haus, dem Garten, der Küche, dem Wohnzimmer, dem Essen, irgendwie sogar der Luft. Wenn sie da war, sah man die winzigen Staubteile in der Luft flirren, wenn die Sonne durch die großen Glasflächen in das Wohnzimmer schien.
Sicher, die Sonne und die Staubteile waren auch da, wenn Mama außer Haus war, aber es war eben nicht dasselbe.

Als sie dann plötzlich in ihrem Bett im Krankenhaus lag, war all das, was selbstverständlich war, was wir gemocht haben und auch was uns immer so genervt hat, einfach weg.
Keiner, der einem was bringt oder anschafft, keiner der dich fragt, wie es dir geht und dir nicht glaubt, wenn du sagst super. Drei Trabanten ohne Mutter Erde. Sicher, Papa hat schon hin und wieder versucht, die Sache wieder ins Rollen zu bringen und auf Familie zu machen, aber ihr könnt euch denken, dass das gründlich in die Hose gegangen ist.
Bis heute ist das so. Wir haben uns darauf eingestellt, dass das auch so bleibt. Meist putzen wir uns jetzt sogar freiwillig die Zähne und außerdem sind wir viel erwachsener als vorher.

Wenn man ehrlich ist, ist heute nichts mehr wie früher, und würde Mama das wissen, würde sie, wenn sie könnte, rotieren und viel Wirbel machen, weil ihr vieles nicht gefallen würde.
Nelly zum Beispiel. Wie die aussieht!
Vor einem Jahr war sie noch ziemlich langweilig angezogen, Jeans und T-Shirt, wenig gestylt und lange Haare. Heute muss man zweimal hinschauen, wenn man Nelly finden will unter den Tonnen von Make-up und den vielen Ketten und dem Klimper-

zeug. Und die Haare, völlig anders. Noch heller, kürzer, zerfahren. Auch dass sie ständig einen Kaugummi im Mund hat, weil sie heimlich raucht und glaubt, dass Papa das nicht mitbekommt, ist neu. Papa muss das einfach gecheckt haben, das riecht man auch ohne Nase, aber er hat nie was gesagt. Zumindest habe ich nichts mitbekommen.

Das passt zu Papa, so wie er jetzt ist. Er sagt nichts, tut nichts, existiert kaum und wird sogar selbst irgendwie immer weniger. So als würde er eingehen. Eine Pflanze, die keiner mehr gießt. Schmaler, kleiner. Es wäre wirklich gut, wenn Mama bald wieder auftaucht, sonst verschwindet Papa irgendwann ganz. Und dann hätte Nelly nur noch mich oder ich sie, ganz wie man das sehen will. Sie ist die Ältere, aber so wie sie sich in letzter Zeit benimmt, müsste wohl ich auf sie aufpassen und nicht umgekehrt.

Ich zucke zusammen. Plötzlich liegt eine Hand auf meiner rechten Schulter. Eine Hand, die ich schon gut kenne. Eine schöne Hand in einem weißen, durchsichtigen Handschuh. Die Hand gehört zu Maria. Ich weiß nicht, ob man sie eine Krankenschwester nennt oder eine Pflegerin, jedenfalls kümmert sie sich die ganze Zeit um Mama.

Maria ist eine Frau, die man heiraten könnte, wenn man in ihrem Alter wäre. Ich schätze sie auf siebenundzwanzig, ich kann mich aber auch täuschen und sie ist fünfundzwanzig oder zweiunddreißig. Sie ist nett, ernst und auch witzig, sie weiß, was man braucht, damit es einem gut geht.

Und hässlich ist sie auch nicht. Ihre langen dunklen Haare, die hinten meist zusammengebunden sind, werden auf dem Kopf von einem exakt gezogenen und deutlich sichtbaren Scheitel durchzogen, der echt auffällt, weil er nicht in der Kopfmitte, sondern weiter links ist. Das steht ihr wirklich gut, genauso wie ihr Lächeln, das sie immer für mich parat hat. In dem Lächeln findet man viel

Gefühl, aber kein Mitleid im Sinn von „Ach du armer Junge!", und das ist gut so. Maria nimmt ihre Hand von meiner Schulter, wir lächeln uns an, wechseln ein paar Worte und dann lasse ich sie ihre Arbeit machen.

22

Das Training zwischen den Bäumen bringt mich wieder in die Spur. Es ist noch angenehm warm, auch wenn die Sonne längst untergegangen ist. Vieles fällt ab, wenn man sich abreagieren kann. Am Anfang denkt man noch jede Menge, nach einigen Minuten schaltet man aber auf Autopilot und macht einfach.

Die Ketten des Boxsackes klirren. Tritt, Klirren, Tritt, Klirren.

Zwischen zwei Tritten höre ich einen Motor aufheulen. Vor unserem Haus. Ein Moped mit angebohrtem Auspuff.

Also ein Typ, der noch zu jung ist für ein echtes Motorrad, aber schon gern eines hätte. Der Typ lässt den Motor im Stand aufheulen und dann gleich nochmal. Ein Was-bin-ich-für-ein-harter-Bursche-Typ also.

Weil ich ein solches Gefährt hier bei uns noch nie gehört habe, stoppe ich das Training und laufe in den vorderen Teil des Gartens, zwänge mich in die Lorbeerhecke, die unser Grundstück von der Straße trennt, und schaue mir die Sache an.

Und weil es bereits dunkel ist und bei uns keine Straßenbeleuchtung existiert, kann ich nicht alle Einzelheiten erkennen, aber doch genug. Ein cooles Bike, ich würde auf eine Derbi X-Treme tippen, rot und weiß.

Darauf ein Typ mit silbernem Vollvisierhelm in der Armbeuge. Kurze dunkle Haare, kantiges Gesicht, ziemlich groß, schlank, sehnig. Auf so was steht also Nelly. Wieder gibt er im Leerlauf Gas, es klingt wie eine Aufforderung, die heißt:

„Nelly, schwing deinen Hintern hier raus zu mir, aber pronto!"

Leider habe ich recht, es geht wirklich um Nelly, schon wird die Haustür aufgerissen, das Schwesterherz stürmt heraus.

„Mach nicht so einen Lärm, Stony, echt!", zischt sie und drückt ihm einen Kuss auf seine Lippen.

Sie wirft sich in den Sattel, schmiegt sich an seinen Rücken, legt ihre Arme um seine Taille. Nochmals heult der Motor auf und schon fahren sie los. Sie ganz ohne Helm, er behält den seinen in der Armbeuge. Wer ein Hirn hat, schütze es, eiert Papa mir automatisch durch den Kopf. Zumindest wegen ihrer Frisur braucht sich Nelly keine Sorgen machen, die kann sie sich nicht mehr ruinieren, sie sah schon vor der Fahrt so aus, als wäre sie durch einen Windkanal gerast.

Ohne eine Sekunde nachzudenken, laufe ich zum Rad, das an der Hauswand lehnt, und trete in die Pedale. Mal sehen, was sie so treiben, die zwei. Der Lärm des Gefährts zeigt mir, wo es lang geht. Ich habe ihr Rücklicht längst verloren, höre aber den Sound. Der jetzt wieder lauter wird, immer lauter. Ich bremse ab, damit sie mich nicht sehen.

Da vorne stehen sie. Nelly ist abgestiegen und wirft Geld in einen Zigarettenautomaten. Er nimmt die Tschicks entgegen und steckt sie in die Innentasche seiner Lederjacke. Schönes Teil, schwarz mit roten Streifen an den Armen. So eine würde ich auch tragen, wenn ich ein Motorrad hätte.

Dann geht es weiter, wir verlassen jetzt unser Wohnviertel und kommen in eine Gegend, wo viele Hallen stehen, wo Sachen produziert werden. Nach einer Minute kann ich mich wieder nur am Sound orientieren, der immer schwächer wird. Dann verliere ich sie. Mist.

Ich fahre noch ein wenig weiter, vielleicht habe ich Glück. Nach den Hallen kommt die Discomeile. Ich komme mir blöd vor, hier verschwitzt in Trainingsklamotten auf dem Rad rumzugurken, ich falle damit sicher auf. Die Discos sind zwar noch zu, aber die Kneipen und Pubs sind schon gut besucht. Gestylte Girls, Typen mit zu viel Testosteron im Blut, einen davon, Stony nämlich, erkenne ich wieder und biege sofort in die Querstraße ein.

Stony steht neben seinem frisierten Moped mit noch zwei Typen und mit einem Arm um Nellys Schultern. Ich linse um die Ecke, sie können mich unmöglich sehen, im Rücken hat ja keiner Augen.

Nellys helle, zerfahrene Haare leuchten blau, weil sie vor der Blue Box stehen, einem Pub, dessen Schild in grellem Blau die Straße ausleuchtet. Das Blau macht Nelly älter, als sie ist. Vielleicht ist es auch die Zigarette in ihrer Hand oder die Bierflasche in der anderen.

Stony schreit einem vorbeifahrenden Autofahrer irgendwas Unfreundliches nach und alle finden das saukomisch. Nelly aber nicht, denn gleich darauf schnauzt Stony auch sie an.

Schöner Freund.

Wie kann einer überhaupt Stony heißen? Kommt das von stoned? Kifft der? Oder hat er ein Herz aus Stein? Nicht ganz, denn jetzt gibt er sich gnädig und drückt ihr einen grässlich langen Kuss ins Gesicht. Zum ersten Mal in meinem Leben sehe ich, dass sich Schwesterchen wie eine dumme Gans behandeln lässt. Ich finde, das steht ihr gar nicht gut.

Stony nimmt Nellys leere Flasche und zielt damit auf den Mülleimer, der an einer Stange mit Verkehrsschildern hängt. Locker drei Meter Distanz. Die Flasche fliegt, schlägt am Blech des Eimers auf, macht einen Riesenlärm, plumpst hinein.

Getroffen. Ich hätte dagegen gewettet. Seine Kumpels johlen und allesamt gehen sie breitbeinig in den Pub, Nelly stöckelt mit roten Heels an Stonys Seite durch die schwarze Tür und verschwindet.

22.37 Uhr. Zeit, zurückzufahren, morgen muss ich wie immer früh raus, die liebe Schule.

23

Als Strafe für die Foulorgien beim Fußball verlegt Woitschek die heutige Sportstunde in die Halle. Obwohl das Wetter ideal zum Kicken im Freien wäre. Woitschek hat eine sadistische Ader und die zeigt er jetzt. Er hält sein kleines Notenbuch in der Hand und lässt uns die Seile raufklettern, die von der Decke hängen. Für die Schwergewichte und die Computernerds ist das natürlich nicht möglich, und so hagelt es jede Menge Minuspunkte.

Woitschek selbst würde keinen Meter hochkommen, bei dem Kugelbauch, da hilft ihm auch sein Trainingsanzug nicht.

Die meisten fluchen und stöhnen. Ich will nicht auffallen und klettere nicht allzu schnell nach oben. Es ist kinderleicht, weil in den Seilen sogar ein paar Knoten sind, auf die man die Füße setzen kann. Nach dem Klettern geht es an die Reckstange, an die Ringe und auf die Matte.

Wir alle hassen das, und Woitschek notiert fleißig seine Plus und Minus. Echt sinnlos, die Stunde. Aber auch die vergeht.

Wir Jungs verzichten auf das Duschen, wer will schon nackt mit anderen in einem gekachelten Raum stehen, in dem es nach Pisse stinkt? Als ich in die Gemeinschaftsgarderobe gehe, wo unsere Sporttaschen auf einer Bank stehen, sehe ich, dass Gerri und sein Haufen auf ein Handy schauen.

Ich komme näher, weil ich ja an meine Sporttasche muss, und sehe, dass es mein Handy ist, das Gerri in seiner Hand hat.

Er versucht das auch gar nicht zu verheimlichen. Er schaut mich verächtlich an.

Psycho, echt.
Du bist ja wirklich krank.
Aber sowas von krank!

Auch die anderen schauen mich an. Nein, sie starren mich an. Ich weiß nicht, was er meint, bis ich sehe, was auf dem Handy zu sehen ist.

Das Foto von Mama, das ich gestern geschossen habe.

„Psycho. Warum hast du ein Foto von einer Leiche auf deinem Handy?" Gerri sieht mich an, als würde er mich gleich in den Boden rammen wollen und als müsste er nur noch überlegen, ob er sich an mir die Hände schmutzig machen will.

Er entscheidet sich fürs Abreagieren. Er gibt Schöni das Handy und stapft breitbeinig auf mich zu. Er kann so stark sein, wie er will, er ist einfach zu langsam. Bevor er auch nur zu einem einzigen Schlag ausholen kann, haue ich ihm auf die Nase. Ein einziger Hieb reicht. Meine Faust auf seinem Knochen. Blut schießt mir entgegen, er sinkt auf die Knie, schreit, hält sich die Nasenlöcher zu, schreit lauter.

Jetzt kommen auch noch die Mädchen angerannt, klar, jeder will wissen, was es da zu schreien gibt. So furchtbar viel Aufregendes passiert in der Schule leider ja sonst kaum mal. Lehrer sind zum Glück keine zu sehen, aber die Aufregung ist groß. Gerri, der wie ein Hund winselt, auf Knien, das sieht man nicht alle Tage.

24

„Du kommst zu spät, hast echt was versäumt", sagt Nelly erregt, als ich nach der Schule heimkomme.

Fast hüpft sie vor Schadenfreude. Ich sehe sie fragend an.

„Na, die Nervensäge von drüben. Friesi. Der hat jetzt mal Pause. Hat sich nicht gut angehört, wie er da mit seiner blöden Stange ins Gras gefallen ist. Gejammert hat der, du glaubst es nicht. Wie ein Baby! Fällt ein paar Zentimeter ins Gras und heult wie was. Jedenfalls wird er jetzt ein paar Wochen nicht mehr nerven, hört sich stark nach Gips an."

„Er ist von der Stange gefallen?"

„Nein, mitsamt der Stange ist er runter. Wahrscheinlich ist sie nicht richtig oben gelegen. Du weißt schon, sie ist ja nicht mal festgemacht, sondern liegt nur in solchen Halterungen. Da kann leicht was passieren, wenn die Stange verrutscht. Jedenfalls hat er wie nur was gejammert und dann ist Frau Friesi angestürmt und hat ihren armen Mann ins Haus geholt. Fünf Minuten später sind sie mit dem Auto weg. Inklusive gepackter Sporttasche im Kofferraum. Sie hat ihm sicher gleich fünf Pyjamas und die Zahnbürste eingepackt. Arzt oder Krankenhaus also. Und später dann ist sie allein zurück. Sieht für mich nach Gips aus", sagt sie und grinst übers ganze Gesicht.

Kurz bekomme ich ein schlechtes Gewissen. Als ich gestern Nacht heimgekommen bin, hab ich sein blödes Gerüst ein wenig bearbeitet. Eine Lektion für den nervigen Nachbarn war zwar nötig, aber verletzen sollte er sich eigentlich nicht.

Ach, was mach ich mir Gedanken, wahrscheinlich hat er sich ohnehin bloß den Allerwertesten gestaucht.

Wie sollte sich ein durchtrainierter Mann bei so was verletzen?

Da muss man sich wirklich wundern. Zum Glück fällt mir Goethe wieder ein und beendet mein Grübeln. Es ist nicht genug, zu wollen, man muss auch tun. Wir alle wollten, dass er damit aufhört, auf Nellys Hintern zu starren. Folglich musste etwas getan werden. Immer mehr gefällt mir der Gedanke, dass Probleme auch gelöst werden können. Das könnte noch eine interessante Sache werden in meinem Leben. Probleme lösen. Wenn das bloß immer so leicht ginge wie hier.

Darüber möchte ich ein wenig nachdenken und das geht am besten beim Training. Und trainieren muss ich ohnehin. Ohne Fleiß kein Preis, das war auch einer von Papas Lieblingssätzen, früher, als er mich noch unbedingt erziehen wollte. Mir war nie wirklich klar, was er damit meinte, jetzt aber ist es sonnenklar. Wer fleißig trainiert, kann es mit jedem aufnehmen. Hab Gerri mit einem einzigen Schlag auf die Matte geschickt. Erstaunt und sogar ein wenig ehrfürchtig sehe ich jetzt meine linke Hand an. Mache eine Faust, öffne sie wieder. Ein tolles Gerät.

Genug gefreut, ohne Fleiß kein Preis, Luke, also los. Aufstellung, Konzentration, Atmung und – schlagen! Das Training macht jetzt besonders viel Spaß mit diesem Erfolg im Kopf. Auch die Bilder aus der Umkleide lass ich immer wieder vorbeiziehen. Gerri bekommt eins auf die Nase. Das Tier sinkt auf die Knie. Heult wie ein Mädchen. Läuft auf die Toilette, kaltes Wasser ins Gesicht, in den Nacken, bis das Nasenbluten wieder aufhört. Anfangs fürchtete ich, er würde zum Klassenlehrer gehen oder beim Direktor petzen, aber das kann er natürlich nicht. Das wäre erst recht peinlich für ihn. Wer petzt, ist ein Weichei. Petzen kann er sich nicht leisten.

25

In unserer Stadt gibt es einen Aussichtsturm ohne Aussicht. Ich meine, Aussicht gäbe es schon, aber für die Menschen unserer Stadt besteht keine Aussicht, diese Aussicht auch genießen zu können, ganz einfach deshalb, weil jemand vor Monaten die Eingangstür zum Turm abgesperrt hat und fertig.

Der Turm steht auf einem Hügel, daher kann man von dort aus spitzenmäßig die ganze Stadt sehen. Wenn man es kann.

Ich kann es, weil ich weiß, wie man in den Turm kommt. Das habe ich in den Sommerferien herausbekommen.

Es gibt nämlich einen geheimen Zugang, den ich nach ein bisschen Suchen gefunden habe. Auf der Rückseite des Turms steht ein Holzanbau mit kaputtem Schloss. Die Tür ist bloß mit einem Haken befestigt, und der lässt sich in einer Sekunde aushängen. In der Hütte steht nur nutzloser Krempel rum, aber wenn man eine Kommode zur Seite schiebt, sieht man eine Öffnung in der Mauer, so in der Art wie eine Katzentür, nur viel größer. Man muss nur durchkrabbeln und schon kniet man auf allen Vieren auf dem kalten Lehmboden im Inneren des Turms.

Heute bin ich zum ersten Mal nicht alleine hier rein.

Ali kriecht hinter mir her und putzt sich jetzt die Knie ab. Er ist vorhin ohne Vorwarnung einfach bei mir daheim aufgetaucht und hat mich beim Training gestört. Weil ich nicht mit ihm zu Hause rumsitzen wollte, sind wir hierher geradelt. Das ist also der Grund, warum wir uns jetzt die Knie abputzen, aufstehen und nach oben schauen. Wenn man von hier unten nach oben schaut, denkt man: wow! Wie in einer Ritterburg. Es gibt kein elektrisches Licht hier drinnen, das braucht man aber auch nicht, weil durch bunte Glasfenster rote, gelbe, blaue und grüne Lichtbündel ins Innere der steinernen Röhre geworfen werden. Ich bin hier sozusagen der Hausherr und Ali ist der Gast. Darum steige ich voran die ersten Stufen der Wendeltreppe hoch, obwohl, Wendeltreppe klingt zu nobel. Es sind Holzstufen, die laut knarren. Wenn man auf eine Stufe steigt, wirbelt jede Menge Staub durch die flimmernde bunte Luft. Alt ist das Holz, aber morsch sehen mir die Stufen nicht aus. Ich weiß gar nicht, warum die den Turm gesperrt haben. Ist doch toll hier drinnen! Vielleicht sollte mal wer ein Geländer neben der Treppe anbringen, damit man sich beim Hochgehen wo festhalten kann, das wäre sicher eine sinnvolle Sache, aber sonst ist alles tipptopp. So stützen wir uns mit den Händen eben ein wenig an den Steinquadern der runden Mauer ab. Das hilft ein wenig, eine Möglichkeit zum Festhalten wäre aber wirklich nicht schlecht. Ali geht mit größerem Abstand hinter mir, wir wollen die Treppe nicht über Gebühr belasten, man weiß ja nicht, wie viel das alte Ding noch aushält.

Wenn man oben ankommt, ist das ein geiles Gefühl. Man steigt von der letzten Stufe direkt auf die Plattform des Turms ins Freie. Sofort fährt einem der Wind um die Nase. Auch hier oben ist alles schön rund. Und der Ausblick! Wenn man sich zwischen den Zinnen rauslehnt, kann man alles sehen. Die alten Kirchentürme, die neuen Hochhäuser aus Glas, die Schornsteine, die ewig weiße Wolken in den Himmel blasen. Man kann sich den Hals ausrenken und wird immer wieder etwas entdecken, das von unten ganz anders ausschaut.

Man kann sich sogar zwischen die Zinnen setzen und die Beine runterbaumeln lassen. Wenn man aufpasst, kann da auch gar nichts passieren. Betrunken sollte man das nicht machen, aber wir sind stocknüchtern. Wenn man da mal sitzt, gibt es nur ein

Wort: gigantisch. Hier sitzen gibt jedes Mal einen gratis Herzschlag. Auch Ali hat sich zwischen zwei Zinnen gezwängt, sein Gesicht ist eine Mischung aus Angst und super. Unsere Füße hängen runter, unsere Augen schauen groß, die Hälse drehen sich, die Haare flattern im Wind, und nach ein paar Minuten beginnen auch unsere Gedanken zu fliegen.

Als wir genug geschaut haben, bin ich mir sicher, dass Ali eigentlich jemand ist, mit dem man reden kann. Also reden wir. Ich fang an.

„Meine Schwester macht mir langsam echt Sorgen."

„Weil sie so verrückt aussieht?"

„Ja, auch. Sie läuft herum wie eine, na ja, du hast sie ja gesehen. Und ihr neuer Freund. Echt. Der passt nicht. Nicht zu ihr und nicht zu uns. Ich weiß nicht, warum sie sich auf so einen Arsch einlässt."

„Dann sag ihr das. Die Schwester muss dem Bruder gehorchen."

„Bei euch vielleicht", sage ich. „Würden deine Schwestern auf dich hören?"

„Sie müssten es tun."

„Und in echt?"

„Würden sie mich auslachen."
Ali nimmt sich offenbar selbst nicht ernst. Das macht ihn sympathisch, obwohl ich schon gern ernst geredet hätte, weil, die Sache ist ja kein Spaß.
Noch weniger Spaß kommt auf, wenn ich an Mama denken muss. Ich will das nicht, aber es passiert jeden Tag, so wie jetzt auch. Die Gedanken an sie fliegen einfach an meinen Augen vorbei und ich sehe sie dann und kann dann nicht mehr aufhören, noch mehr an sie zu denken.

„Ali, wenn meine Mutter wieder wach wird, will sie doch wieder nach Hause kommen", sage ich, weil ich grad daran gedacht habe und seine Bestätigung hören möchte.

„Unbedingt. Was denn sonst. Klar will sie wieder nach Hause."

„Aber was ist, wenn das nicht geht? Wenn sie nicht nach Hause kommen kann, weil es das nicht mehr gibt?"

„Versteh ich nicht."

„Wie es aussieht, gehört das Haus jetzt der Bank, und die will es jemand anderem verkaufen."

„Die schmeißen euch raus?"

„Sieht so aus."

„Wann?"

„Das kann sehr schnell gehen, sagt Papa."

„Und ihr könnt nichts dagegen tun?"

„Schon, aber dafür bräuchten wir sehr viel Geld. Wir sind aber pleite."
Papas Angst vor der Pleite hat etwas mit mir gemacht. Bisher war mir Geld völlig egal. Taschengeld und fertig. Sonst hat Geld nicht existiert, aber jetzt, völlig anders. Jetzt hat Geld eine Bedeutung. Wir brauchen jede Menge davon. Wie soll Mama aufwachen, wenn es kein Haus mehr gibt?

26

Mittlerweile gehen wir morgens zu dritt durch das Schultor. Ich links, Kathi in der Mitte und rechts Ali. Jetzt warten also schon zwei auf mich, wenn ich mit dem Rad zur Schule düse. Obwohl ich alleine eigentlich gut zurechtkomme, freue ich mich. Vor allem, weil Kathi wirklich toll ist. Sie haut dich vielleicht nicht auf den ersten Blick vom Hocker, weil sie sich nicht so stark stylt wie einige andere Mädchen, aber sie sieht wirklich gut aus. Echt sieht sie aus. Wenn ich ein Mädchen wäre, wäre sie meine Freundin. Ob sie was von mir will?

Ich werfe ihr einen kurzen Blick zu und anscheinend sehe ich nicht so gut aus, wie ich mich gerade fühle, denn Kathi schaut mich an, als wäre ich furchtbar traurig. Und als sie den Mund aufmacht, weiß ich auch, warum.

Offenbar hat Ali geplaudert, weil Kathi zu mir sagt, dass es ihr leidtut, die Sache mit meiner Mutter und dass die anderen so blöd sind. Wegen dem Foto. Ich schau böse zu Ali rüber.

„Hast du es allen gesagt?"

„Mhm", macht er.

Er weiß genau, dass er das nicht einfach so hätte erzählen dürfen.

„Ali wollte dir nur helfen. Schau, du verprügelst den Stärksten aus der Klasse, da fragt man sich schon: warum? Man kann ja nicht einfach so die Leute verprügeln. Und darum hat uns Ali gesagt, dass das deine Mutter auf dem Foto ist, die schwer krank im Krankenhaus liegt. Das konnte ja keiner wissen. Jetzt wissen wir es, und jetzt ist es klar für alle, warum du so reagiert hast", kommt Kathi Ali zu Hilfe.

„Genau. Keiner hat dann mehr Gerri geholfen. Elli hat ihn sogar beschimpft, weil er so ein Arsch ist", sagt Ali.

„Und Marlene hat gesagt, dass er künftig seine Griffel von ihr lassen soll", sagt Kathi.

„Oh, là, là, die schöne Marlene", frohlockt Ali und fängt sich schon wieder einen bösen Blick ein, dieses Mal von Kathi.

In der Klasse herrscht plötzlich eine andere Stimmung. Entweder kommt mir das nur so vor, oder es ist wirklich so, jedenfalls bin ich für die anderen plötzlich was anderes als gestern. Gestern war ich noch der Neue, jemand, mit dem sie nicht viel anfangen konnten oder wollten, heute sehen sie mich an, als wäre ich eine Zeichentrickfigur, die aus einem Comic gestiegen und ein richtiger Mensch geworden ist. Damit muss ich jetzt leben, jemand zu sein. Und nicht ein Niemand, der hier nur seine Zeit absitzt.

In der großen Pause stehe ich mit Kathi am Fenster und schnippe kleine Stanniolkugeln in den Hof. Zeitvertreib. Plötzlich merke ich, wie sich Marlene zwischen mich und Kathi drängt, ihr Duft strömt mir in die Nase. Irgendwas Blumiges würde ich sagen. Ihr echter Geruch wäre mir lieber. Ich verstehe Mädchen nicht, die ihren guten Geruch übersprühen. Ich schaue kurz zu ihr, nicke, schaue wieder auf den Hof und sehe durch das offene Schultor, wie draußen langsam ein Motorrad vorbeifährt und offenbar stehen bleibt. Den Sound kenne ich schon. Das affige Gasgeben ohne eingelegten Gang, das kenne ich auch. Stony, da bin ich mir ziemlich sicher.

„Sorry, ich muss mal", sage ich und lasse die Mädchen stehen. Ali, der mich rausrennen sieht, läuft mir hinterher.

Ich sprinte die drei Stockwerke runter, nehme mehrere Stufen auf einmal, renne raus auf den Hof und bleibe erst kurz vor dem Schultor stehen. Zwei Sekunden später steht Ali neben mir, stützt sich mit den Händen auf den Knien ab. Er schnauft.

„Mann, Luke, was zischst du denn einfach so ab? Hast du

Angst vor Marlene? Merkst du nicht, dass die auf dich steht?"

„Mir doch egal", sage ich und gebe Ali ein Zeichen, dass er die Klappe halten soll.

Ich strecke den Kopf durch das Tor. Irgendwo muss er sein. Auf dem Parkplatz, ein paar Meter weiter, entdecke ich sein Bike.

„Was suchst du?", fragt Ali. Er steht neben mir und schaut, was ich schau. Ich ziehe ihn hinter die Mauer und erkläre ihm, dass Stony da draußen sein muss, der idiotische Freund meiner Schwester. Und dass er ruhig sein soll, ich will nicht gesehen werden. Wieder spähe ich nach draußen, und da ist er ja. Zwei ältere Schüler stehen bei ihm. Sie zücken ihre Brieftaschen. Und ich zücke mein Handy, blitzschnell, und drücke die Videofunktion. Aufnahme. Einwandfrei. Kohle gegen Pillen. Die Transaktion hab ich jetzt im Kasten. Allerdings hab ich Blödmann vergessen, auch ranzuzoomen. Beim nächsten Deal habe ich dazugelernt. Die zwei Käufer sind weg und ein anderer kommt schon angetrabt. Als er an uns vorbeigeht, tun Ali und ich so, als ob wir uns über Fußball unterhalten. Zehn Sekunden später schnapp ich mir Stony. Zücke wieder das Handy, dieses Mal bekomme ich alles astrein ins Bild. Auch Ali hat sein Handy längst auf Record geschaltet. Mitten in die schönen Aufnahmen hinein schrillt die verdammte Schulglocke, und wir zucken beide zusammen. Auch die Typen vom Parkplatz lassen sich vom schrillen Ton stören und ich hoffe, sie schauen nicht her. Ich glaube, sie achten nicht auf uns, sicher bin ich mir aber nicht. Wir machen möglichst lässig kehrt und verdrücken uns. Kurze Zeit später laufen wir die Stufen hoch zum Eingang. Ich muss sagen, dass ich echt noch nie so froh war, in die Schule reinzukommen. Das gute Gefühl kenne ich nur aus der Gegenrichtung.

„Und was machst du damit?", fragt Ali.

„Mit dem Video? Weiß noch nicht", sage ich. „Vielleicht zeige ich es Nelly, oder Papa. Muss ich mir überlegen."

27

„Dein Papa will nicht wissen, wer ihn verprügelt hat?", fragt Ali ungläubig. Wir sind nach der Schule zum Turm gefahren und sitzen zwischen den Zinnen.
Ich habe ihm erzählt, dass genau das der Fall ist, und auch, wie ich herausgefunden habe, wer der Schläger ist. Der Metzger nämlich, Vater von Gerri, dem Tier.
Ali kann die Haltung meines Vaters nicht verstehen und ich auch nicht. Jedes Mal, wenn ich Papa sehe, sehe ich nicht meinen Vater, sondern einen Mann voller Angst, der sich schlagen lässt. Jedes Mal, wenn ich daran denke, ist das wie eine neue Ohrfeige. Sicher, das kann passieren, man kann eine abbekommen. Aber dass man das einfach so schluckt, das kann doch nicht sein. Das macht mich echt fertig. Er muss doch was tun, irgendwas! Wenigstens schimpfen, fluchen, ihm mit der Polizei drohen, aber nein, da kommt gar nichts.

Wir sitzen auf unserem Turm, und es ist wirklich unser Turm, kein Mensch kommt hier jemals rauf, er ist ja abgeschlossen, und so hängen immer dieselben Beine über die Mauer, unsere nämlich. Jedenfalls sitzen wir hier oben und können das mit Papa nicht verstehen.
Ali greift sich in seine Locken und zieht eine Feder heraus. Eine große Feder, schwarz glänzt sie in der Sonne. Wir haben sie vor dem Turm gefunden und Ali hat sie beschlagnahmt. Jetzt hat er sie in der Hand und sticht mit der weißen Federspitze in der Luft herum, dass ich mir kurz Sorgen mache, er könnte abrutschen. Der Turm ist um einiges höher als ein Zehn-Meter-Brett, und in eine Wiese kann man nicht eintauchen wie in Wasser, da hilft auch der eleganteste Kopfsprung nichts.

„So und so", sagt Ali und demonstriert weiter seine Luftstiche. „Der ist für Gerri, zack, und der ist für seinen bescheuerten Vater, zack."

Ali ist ein echter Freund, denke ich mir, wie ich ihn so in die Luft stechen sehe.

„Wir retten die Ehre von deinem Papa, zack", sagt er.

Dann fällt mir aber doch noch etwas ein, was für Papa spricht. Ich möchte ja nicht schlecht über ihn reden, und weil Ali immer davon spricht, dass ein Mann eine Ehre hat, versuche ich, die Ehre meines Vaters ein wenig zu retten und sage:

„Wahrscheinlich denkt er gar nicht mehr daran, weil er viel größere Probleme hat als das, was ihm da passiert ist."

Das sieht auch Ali ein. Mama nämlich und ihr Schauen in die Luft, unser Haus und die Bank, die uns das Haus wegnehmen will. Da ist eine Ohrfeige vielleicht wirklich nicht das Wichtigste. Obwohl, mich wurmt die Sache trotzdem gewaltig. Vielleicht spüre ich Papas Ehre und er spürt sie selbst nicht?

Nach einer Weile wissen wir nichts mehr zu sagen, heim wollen wir aber auch nicht. So radeln wir in Richtung Beethovenstraße. Ali will wissen, wo Gerris Vater sein Geschäft hat. Er will jetzt zur Fleischerei fahren, um sich ein Bild zu machen und vor allem, weil wir sonst nichts zu tun haben.

Ein paar Minuten später rollen wir langsam und möglichst unauffällig an der Fleischerei vorbei. Sie befindet sich nicht in einem Einzelhaus, sondern es ist so eine Straße, in der alle Häuser zusammengewachsen sind, also ein langer Block. „Sturmgruber" steht groß auf einem Schild über dem Eingang und darunter, kleiner: „Metzgermeister". Der dunkle Audi ist nicht da, dafür aber ein weißer Lieferwagen, auf dem ein lustiges Schwein zu sehen ist, das Messer und Gabel in den Hufen hält. Ich verstehe das Bild nicht. Ein Schwein, das sich selbst essen will?

Ich bin so lecker,
ich könnt mich glatt
selbst verdrücken!

Metzgermeister Sturmgruber

Wir rollen weiter. Am Ende der Straße stellen wir uns zwischen zwei geparkte Autos und renken uns die Hälse aus.

„Ob die da auch wohnen?", fragt Ali.

„Kaum. Es gibt auch eine private Adresse von Gerri im Netz." Ich habe das natürlich längst recherchiert. Außerdem. Wer will schon wohnen, wo ständig Tierleichen angekarrt, zerlegt und verhökert werden? Echt eklig so was.

Wir fahren noch einmal am Laden vorbei, dann wieder zurück und bleiben vor der Auslage stehen. Es tut sich nicht viel, ein paar Leute kaufen ein, vor allem ältere Damen und Handwerker, aber keine Spur von Gerri oder seinem Vater.

Neugierig wären wir schon, einfach mal reinzugehen, aber dann müssten wir was kaufen, und ich mag kein Schwein essen und Ali erst recht nicht.

Während ich am Überlegen bin, steht Ali schon an der Glasscheibe und presst sich die Nase platt. Erst will ich ihn wegziehen, da stehe ich schon neben ihm und schau ebenfalls rein. Was man sieht, ist eine große Theke, ein paar Leute und massenweise Fleisch. Aber im Grunde sieht man nichts genau, hier draußen ist Sonne, drinnen nicht. Sofort ist mir klar, dass die da wesentlich mehr sehen als wir hier. Und es wundert mich nicht wirklich, als jemand hinter uns steht und uns anmacht.

„Was schaut ihr so blöd!"

Der Typ sieht sich die Scheibe an, fährt mit seiner großen Hand darüber, dass es quietscht, und poltert:

„Ihr bleibt jetzt mal schön genau da stehen, wo ihr seid. Ich hole was zum Putzen, und ihr macht die Scheibe wieder sauber!"

Was uns da anschreit, ist eine Erscheinung, die die Fäuste in die Seiten stemmt, eine Erscheinung, der man als 13-Jähriger nicht unbedingt widersprechen sollte. Ein Schrank, eingeschnürt in eine schmutzig-weiße Schürze, die ihm über der Brust spannt und fast bis zum Boden geht. Um den Bauch trägt er eine Kette, an deren Ende eine weiße Tasche baumelt, aus der mehrere Messergriffe ragen. Die blonde Igelfrisur ist halb unter einer weißen Kappe versteckt, ich habe keinen Zweifel, dass es Gerris Vater ist. Der aufgeblähte Hals, das unsympathische Gesicht. Das ist er.

Ich schaue möglichst neutral aus der Wäsche, Ali nickt fleißig. Der Schrank stapft also wieder rein, um einen Lappen zu holen, und wir schwingen uns auf die Räder.

Wir sind so schnell weg, das könnte ein Guinnessrekord in der Kategorie Sauberer Blitzstart sein. Wäre dort ein Radar, gäbe das ein super Foto. Zwei Jungs, die sich die Lunge mit dreißig Sachen aus dem Leib schnaufen und gleichzeitig lachen.

28

Manchmal kommt es mir vor, als wäre ich mit dem linken Fuß auf die Welt gekommen.

Ich kann das nicht beschreiben, aber ich kann mir nicht vorstellen, wieder einmal so richtig glücklich zu sein. Als Kind war ich das manchmal, nicht immer, aber eben manchmal. Andere Kinder sind mir im Vergleich immer viel leichter erschienen.

Dumm lebt leicht, das hab ich mal jemanden sagen hören, und ich habe den Satz vollinhaltlich unterschrieben. Vielleicht sind die, die sich nie Gedanken über was machen, aber in Wahrheit die Klügeren?

Jedenfalls hört das mit dem linken Fuß momentan überhaupt nicht mehr auf. Soll heißen, das Leben lässt Scheiße regnen. Einen Batzen nach dem anderen. Den neuesten Batzen hat ein Mann mit Rauschebart und weißem Kittel geliefert. Dr. Wilson Matusek heißt der Mann. Er leitet die Abteilung, in der die Wachkomapatienten liegen, und schneit selten, aber eben doch hin und wieder zu Mama ins Zimmer.

Der Mann ist nicht zu übersehen. Groß und dick, eine leuchtend rote runde Brille auf der Nase, schneeweißer Bart im ganzen Gesicht. Ein weißes Haarkränzchen trägt er auf dem Kopf, welches sich wie ein Gletscher im Sommer immer weiter zurückzieht und mehr und mehr den braun gebrannten Eierkopf freigibt. Eierkopf ist hier wörtlich zu nehmen und nicht abwertend gemeint, der Schädel läuft wirklich irgendwie spitz zusammen.

Der Mann ist rund, der Kopf ist spitz. Er hat ein lustiges Gesicht, man merkt aber, dass er auch streng sein kann, und das muss er auch können, immerhin ist er der Chef hier.

Jedenfalls ist Rauschebart Matusek der nächste Batzenwerfer, und er hat den größten Batzen der Welt in Händen. Sprich, er hat heute Nachmittag Papa den neuesten Befund oder eine Diagnose oder wie immer das heißt präsentiert. Jedenfalls ging es darum, wie es mit Mama weitergeht und das ist echt nicht lustig. Papa sagt, dass sie nicht wissen, ob das alles wieder gut wird mit Mama. Er sagt auch, dass es nicht hoffnungslos ist, dass manche in ihrer Lage auch wieder wach und gesund werden. Und dass es, wenn wir an das Gute glauben, mehr ist, als sich an einen Strohhalm zu klammern. Nein, eine Chance habe Mama sehr wohl ...

So redet Papa dahin und schaut mich keine Sekunde dabei an. Papa, mich kannst du nicht täuschen, denke ich, ich weiß, du willst mich nur schonen und sagst nicht alles, wahrscheinlich lügst du sogar. Dein Gesicht, deine Stimme und dein Körper sagen was völlig anderes.

Sie sagen, dass Mama sterben wird.

29

Gleich wird es dunkel und ich wickle mir Bandagen um meine Hände, um sie beim Training ein wenig zu schützen. Die Haut kommt nicht mehr mit dem Wachsen nach und ich muss jetzt besser auf sie aufpassen, sonst müsste ich mit dem Training pausieren und das will ich nicht. Fertig gewickelt, die Hände sind jetzt einbandagiert.

Als ich in den Garten gehe, läutet es an der Tür.

Ali. Das hatte ich ganz vergessen, er wollte ja vorbeikommen. Beim Training will ich ihn aber nicht dabeihaben. Also runter mit den Bandagen und rauf auf den Sattel. Ein wenig in der Dämmerung herumfahren ist immer gut.

Wir rollen durch die Gegend, dann raus aus dem Viertel, machen einen Schlenker am geschlossenen Schultor vorbei, dann gondeln wir ein wenig durch Alis Siedlung und dann wieder zurück in meine Gegend. Das Rumfahren tut wirklich gut, ich muss nur ein einziges Mal an Mama denken, als ich nämlich ein grünes Verkehrsschild sehe, das zeigt, in welcher Richtung das Krankenhaus liegt.

Das Schild haben wir jetzt hinter uns, es wird dunkel und die Luft kühler. Wir rollen an der Sparkasse vorbei, wo der gute Gunnar, der Scheißfreund meines Vaters, jetzt der Chef ist. Neben der Bank ist ein Supermarkt und hier steht ein Getränkeautomat. Wir stellen die Räder ab, werfen Münzen in den Schlitz und ziehen zwei Cola. Im Sitzen trinkt sich's besser, und weil es hier weit und breit keine Bank oder so was gibt, entern wir einen Einkaufswagen, der einfach solo herumsteht und nicht an die anderen Wagen angekettet ist. Es ist zwar ein großer Wagen, trotzdem ist er verdammt eng für zwei und unbequem, aber irgendwie ist das lustig.

Ali holt noch zwei Sprite, und weil wir immer durstiger werden, hole ich noch zwei Cola. Ich kenn das schon, wenn man das Zeug trinkt, vergeht der Durst nicht, aber man wird komischerweise irgendwie davon besoffen. Eine Art Zuckerrausch. Soll keiner behaupten, das gibt es nicht. Normalerweise betrinken wir uns damit höchstens mal in der Mittagspause, aber jetzt am Abend gefällt mir das sogar noch besser.

Eine Cola in der einen Hand, ziele ich mit der anderen, besser gesagt mit dem Zeigefinger, auf die Sparkasse. Ich ziele genau auf das Logo und drücke ab.

„Peng", sagt Ali und lacht.

„Peng", sage auch ich, aber statt zu lachen, höre ich zu schießen auf und bekomme urplötzlich einen Zuckerkater.

Von einer Sekunde auf die nächste sind die guten Gefühle weg und stattdessen die Mist-Gedanken in meinem Hirn.

Und die lasse ich jetzt raus.

„Was meinst du, Ali? Der Bank gehört bald unser Haus. Das ist so, weil sie Papa reingelegt haben. Sie haben ihm das Geld aus der Tasche gezogen, es ihm gestohlen. Sagt Papa. Ich hab wirklich viel nachgedacht und es ist so: Der einzige Weg, wie wir das Haus behalten können, ist, dass wir denen das Geld zurückstehlen. Das ist dann eigentlich kein Stehlen, der Diebstahl der Bank wird dadurch nur aufgehoben. Alles ist dann wieder so, wie es sein soll."

„Klingt vernünftig", sagt Ali, nachdem er eine Weile an seinen Haaren gezwirbelt hat. „Schätze, da hast du recht. Zurückstehlen wäre gerecht."

„Aber verboten", sage ich und bin Ali dankbar, dass er mir recht gibt.

„Verboten. Sicher. Aber gerecht. Das ist kein Stehlen, das ist

Gerechtigkeit. Wenn mir einer was nimmt, hole ich es zurück. Wenn ich es kann", sagt Ali.

„Das wäre der nächste Punkt. Wie können wir es ihnen nehmen? Ich habe schon ziemlich viel nachgedacht, aber, da gibt es nichts."

„Einem Superhelden würde was einfallen. Er würde seine Familie nicht im Stich lassen. Er würde sich das Geld holen", sagt Ali.

Nach einer Weile springt er aufgeregt aus dem Wagen.

„Man könnte den Bankomaten da in die Luft sprengen. Paff!", sagt der kleine dunkle Mann und malt mit den Händen eine schöne Explosion in den Himmel.

„Da geht doch das Geld kaputt", sage ich.

„Nichts geht kaputt. Die Sprengung ist nur außen, man sprengt ein Loch in den Automaten und greift dann einfach rein und holt das Geld raus. So ein Video hab ich im Internet gesehen."

„Sprengen ist aber gefährlich", sage ich.

„Sehr gefährlich. In Pakistan sprengt dauernd jemand was in die Luft."

Er veranschaulicht das mit den Händen und macht Paff-Geräusche.

„Dauernd bekommt jemand eine Bombe vor die Füße. Weil er nicht an Allah glaubt, oder weil er zu wenig an ihn glaubt, oder weil er an einen anderen Gott glaubt. Oder weil einem deine Nase nicht passt, oder einfach, weil man schon so viele Bomben gebaut hat und die einfach mal krachen lassen will. Man kann nie wissen, was los ist, und schon kracht es wieder."

Ali schaut für seine Verhältnisse recht ernst, es passiert selten, dass er sich so in etwas reinsteigert.

„Ali, wir wollen ja niemanden umbringen. Man dürfte nur ganz wenig Sprengstoff nehmen. Dann passiert keinem was. Es macht nur peng, der Bankomat hat ein Loch, man nimmt das Geld raus, fertig. Keiner wird verletzt, keiner stirbt, gar nichts."

„Wir holen nur das Geld zurück, das die euch gestohlen haben."

Ali schaut mich erstaunt an. Er überlegt vielleicht, ob ich die ganze Geschichte ernst meine. Er hat es wohl nur als Spaß gemeint. Ich meine es auch nicht wirklich ernst. Oder mache ich mir da was vor? Gedanken sind frei, oder nicht?

30

Heute schwänze ich die Schule. Die können mich mal. Es gibt Wichtigeres. Einen Besuch bei Mama zum Beispiel. Man kann sie doch nicht einfach sterben lassen, oder was? Wenn die schon nichts tun, dann muss ich was versuchen, das ist ja wohl das Mindeste. Ich habe eine volle Tasche an der Schulter baumeln, wuchte sie auf den Tisch im Eck ihres Zimmers und krame jede Menge Sachen heraus.

„Heute geht es nach Italien, Mama", sage ich so fröhlich, wie ich kann. Wenn das nicht hilft, weiß ich auch nicht mehr weiter.

Ein großes weißes Bett in einem schneeweißen Zimmer macht es einem nicht gerade leicht, sich an einen Strand zu beamen. Man muss sich praktisch alles vorstellen, weil ja absolut nichts Reales da ist. Nicht das Rauschen der Wellen, nicht der warme Wind, nicht der Geruch von Sonnenöl, nicht das Salz auf der Haut. Und keine Italo-Hits. Letztere immerhin konnte ich organisieren. Zum Glück schmeißt Papa alte Sachen nicht gern weg, und so habe ich einen Kassettenrekorder auf dem Dachboden gefunden. Nachdem ich zwei Mal Staub weggepustet und eine Minute daran herumgedrückt habe, hatte ich raus, wie das Ding funktioniert. Gerät einschalten, Kassette rein, Startknopf. Man muss nur wissen, welche Knöpfe für was gut sind. Musik wäre also vorhanden. Ich habe im Haus noch weitergesucht, um etwas zu finden, was an Italien erinnert.

Gefunden habe ich ein Sonnenöl, dunkelbraun und so alt, dass das Ablaufdatum auf der Flasche nicht mehr zu erkennen ist. Ekelhaft, echt. Das Öl klebt jetzt an meinen Unterarmen und tut seine Pflicht, es verströmt einen starken Nussgeruch und erinnert an Sonne und glänzend eingeschmierte Kugelbäuche auf Stelzenbeinen.

Noch etwas habe ich mitgebracht, Sand nämlich. In der Wohnzimmervitrine stehen an die zwanzig ziemlich schöne Glasgefäße, alle mit Sand gefüllt und jedes sieht anders aus. Aus jedem Urlaub haben wir nämlich immer Sand mit heimgebracht, in kleinen Plastiktütchen, weil wir herausgefunden haben, dass jeder Strand seinen eigenen Sand hat.

Die Unterschiede sieht man erst, wenn die Sandsorten in Gläser abgefüllt nebeneinanderstehen. Es ist gigantisch.

Meist sieht Sand ja einfach beige aus, wenn man aber genau hinguckt, gehen dir die Augen über. Weiße, graue, rote, grüne, ja sogar blaue Körner gibt es, unglaublich viele Farben, die alle zusammengemischt dann ein bestimmtes Beige ergeben.

Ich schütte den Sand auf das Essenstablett, das auf einem Wagen neben Mama steht, und versuche, das Salz zu riechen. Ganz leicht nur schwebt was in die Nase. Ich greife in den Sand und lasse ihn aus der geschlossenen Faust rieseln. Vielleicht brauchen wir Wind, um ihn besser riechen zu können?

Ich hole also das letzte Mitbringsel aus meiner Sporttasche. Einen kleinen Handventilator, der sich ständig von links nach rechts und wieder zurück bewegt.

Jetzt ziehe ich noch mein Handy aus der Hosentasche, stelle es auf laut und klicke auf ein Video mit Meeresrauschen. Auch ein paar Möwen sind zu hören.

Jetzt Ventilator an und die Arme anblasen. Sofort glänzt ein brauner Kugelbauch vor meinen Augen. Der Salzgeruch des Sandes stinkt dagegen ziemlich ab.

So, und jetzt noch den Kasettenrekorder auf Start gedrückt und los geht's. „Azzurro" schmettert Adriano Celentano.

Ich setzte mich auf den Stuhl neben dem Bett … und schon liege ich auf der Luftmatratze unter dem Sonnenschirm, spiele mit

Murmeln im Sand und warte, bis Papa fertig ist mit seiner Murmelbahn. Er klopft den Sand vorsichtig mit einer Plastikschaufel fest und besprengt ihn mit Wasser, damit er besser hält. Die Bahn, die sich von der Spitze eines Sandbergs aus runterwindet, zieht er mit seinen Fingern in den Sand.

Azzurrooo···

Nelly interessiert das nicht die Bohne, sie sitzt mit einem Eis in der prallen Sonne und leckt sich weiße Tropfen von den Fingern, während Mama ihr sagt, dass sie den Stuhl in den Schatten ziehen soll.

Ja, das ist Italien. Das war Italien, so wie ich es kannte. Hätte ich letzten Sommer gewusst, dass es vielleicht das letzte Mal sein würde, dann ... ja was wäre dann gewesen?

Es macht klack, weil die Kassette zu Ende ist. Der Ventilator summt, das Öl duftet, Mama liegt da und schaut in die Luft. Ich sitze neben ihr und beuge mich weit vor, um sie genau anschauen zu können. Hat sich ihr Ausdruck in den letzten Minuten irgendwie verändert? Eine winzige Spur Veränderung muss es doch geben! Es muss einfach sein.

Mama, jetzt zeig doch endlich, dass du mich hörst!

Riechst du nicht das Meer?

Hörst du nicht die Wellen?

Bitte sag was!

Die drehen dich doch sonst ab!

Ich erforsche ihr Gesicht, ihren Atemrhythmus, schaue, ob ihre Hand sich vielleicht ein wenig regt.

Ich stehe auf, gehe ums Bett herum, sehe mir alles genau an, stehe jetzt direkt vor ihr. Wenn ich sie aus dieser Position betrachte, würde ich sagen, sie lächelt jetzt, ein ganz kleines bisschen. Vielleicht. Ich gehe näher heran.

Gehe wieder weiter weg.

Umkreise sie.

Rüttle an ihren Schultern.

Nichts.

31

Als ich den ganzen Krempel wieder eingepackt habe, kommt Maria ins Zimmer. Sie schaut groß und fragt, was denn hier los sei. Ich schaue mich um, alles sieht aus wie immer, und frage sie, was sie meint. „Hier riecht es wie am Strand", sagt sie. Ich mag Maria wirklich gern, aber ich kann ihr nicht sagen, was ich grad versucht habe, kann nur mit den Achseln zucken und mich mit der Riesentasche an ihr vorbei aus der Tür drängen. Würde ich jetzt reden, ich weiß nicht, wie sich meine Stimme anhören würde.

Ich radle heim, sehe, dass das Auto nicht da ist. Sturmfrei. Früher war sturmfrei das Beste, was passieren konnte. Die Tasche landet unter dem Bett. Auch Nelly ist nicht da. Was jetzt? Training. Nein, ich hab nicht mal dazu Lust. Das ist mir schon lange nicht passiert. Ich setze mich aufs Bett. Springe wieder auf, laufe raus, fahre los. Ohne Ziel trete ich in die Pedale, und eine halbe Stunde später sitze ich auf dem Turm zwischen den Zinnen. Ich kratze Moos von der Mauer und werfe es in die Tiefe.
Was soll ich bloß tun?
Was hilft? Runterspringen? Bringt auch niemandem was.
Morgen ist es genau ein Jahr her, seit es passiert ist. Ein ganzes Jahr. Warum wacht sie bloß nicht auf?
Vielleicht weil sie weiß, dass daheim alles scheiße ist?
Wie soll sie das wissen? Hört sie uns, wenn wir bei ihr im Krankenzimmer reden? Haben wir zu viel Negatives gesagt? Spürt sie es, dass die Kacke am Dampfen ist? Ist sie irgendwie tot und hört mit? Oder schwebt ihr Geist herum und erzählt ihr alles?
Will sie vielleicht gar nicht aufwachen, weil alles so ist, wie es ist, bei uns daheim?

Wacht sie auf, wenn alles so ist, wie es sein soll? Wenn ich die Dinge ins Lot bringe? Muss ich Ordnung schaffen?
Ich muss also wirklich loslegen.

32

Die Sonne bricht durch die Wolken, während meine Beine immer noch durch die Zinnen baumeln.

Ich habe lange überlegt. Genug gegrübelt, Luke, denke ich. Und greife in meine Hosentasche.

„Hallo?"

„Ali, morgen ist es soweit", sage ich in mein Handy.

Es ist früher Nachmittag und Ali geht eben aus der Schule.

„Luke, bist du krank?"

„Nein, wieso?"

„Du bist nicht in der Schule."

„Hab Wichtigeres zu tun. Hast du mich verstanden, Ali? Morgen ist es so weit."

„Luke! Echt?"

„Ja. Willst du immer noch mitmachen?"

„Klar. Wow. Wann und wo?"

„Die Aktion startet um neun. Du musst um halb neun bei mir sein. Hast du den Kübel?"

„Klar. Ich hab ihn im Wald versteckt. Alles andere war unmöglich, das Zeug stinkt dermaßen."

„Du hast einen Deckel drauf getan?"

„Klaro. Kübel mit Drehverschluss. Ist eigentlich luftdicht. Stinkt trotzdem."

„Kannst du ihn mit dem Rad transportieren?"

„Kein Problem. Schon probiert, funktioniert."

„Und das Gas?"

„Hab ich. In der Werkstatt von meinem Onkel gibt's davon jede Menge."

„Okay. Sei vorsichtig."

„Ja, Mama."

„Lustig. Dann bis um halb neun."

„Klar."

„Und pünktlich."

„Immer."

„Ali. Wenn du zu spät kommst, ist die Sache gestorben. Es kommt auf die Minute an."

„Was? Wieso?"

„Erkläre ich dir später. Also, um halb neun, wir machen es so, wie wir es besprochen haben. Pünktlich, verstanden? Ja?"

Ali kennt den Plan im Groben, aber die Einzelheiten kennt er noch nicht, alles geht sehr schnell, vieles muss spontan klappen.

„Ja sicher. Darauf kannst du einen lassen."

Ali lacht kurz, es klingt nicht echt, und ich beende das Telefonat.

Ich sollte die Sache eigentlich alleine durchziehen, Ali ist so ein Kindskopf und ich kenne ihn doch erst seit einer Woche. Wer weiß, wie verlässlich er ist und ob er dichthält. Aber für Zweifel ist es zu spät. Er hat den Kübel und das Gas – und nicht ich. Jedenfalls, ich ziehe die Sache heute durch. Es ist Zeit dafür. Zeit, das Gleichgewicht wieder herzustellen. Zeit, die Dinge zu korrigieren. Heute ist die Nacht.

33

Der längste Tag meines Lebens. Der Nachmittag zieht sich wie ein Kaugummi, die Minuten verticken im Schneckentempo. Ich habe meine Sachen längst gepackt. Bin alles tausendmal durchgegangen. Habe alles aus dem Rucksack wieder ausgeräumt, alles noch mal angesehen, wieder eingeräumt. Bin wieder alles durchgegangen. Der Plan steht und er scheint okay. Ich gehe trainieren, will mich aber nicht verausgaben oder gar verletzen. Heute Abend muss ich fit sein. Wenn doch bloß schon Abend wäre.

Endlich halb neun. Es ist bereits dunkel, Zeit, mich zu verabschieden. Obwohl, hier gibt es niemanden zum Verabschieden. Papa hängt betrunken auf der Couch und redet mit dem Fernseher, und Nelly hat sich in ihrem Zimmer eingesperrt und die Musik aufgedreht. Da ist keiner, dem ich abgehe, wenn ich jetzt einfach meine Sachen packe und abhaue. Aber so weit ist es noch nicht. Heute wird nicht abgehauen, heute wird zurückgeschlagen.

Ich schaue aus meinem Fenster auf die Straße und sehe im Halbdunkel Ali auf seinem Rad sitzen. Er wartet schon.
Schnell hole ich unter dem Bett meine große Sporttasche hervor, genauer gesagt ist es so eine Art Rucksack, den man normalerweise zum Wandern nimmt und den man sich zum Radfahren auf den Rücken schnallen kann. Das Ding ist echt schwer und es riecht nach Benzin. Das ganze Zimmer riecht schon danach, ein Glück, dass niemand reingekommen ist. Wie hätte ich das erklären sollen? Ich schultere den Rucksack und schleiche mich aus dem Haus. Ich nehme den Hinterausgang, sicher ist sicher. Es ist

nicht ausgeschlossen, dass Papa, würde er mich sehen, plötzlich anfangen wollte zu reden. Manchmal hat er so Anfälle, da will er auf einmal über alles sprechen, über das Leben, seins, meins, Mamas und Nellys. Das passiert aber nur, wenn er zu viel Bier intus hat, also wäre jetzt so ein Moment, und drum lass ich mich besser nicht blicken.

Lautlos tauche ich neben Ali auf, und zum Glück schreit er nicht vor Schreck, als ich plötzlich bei ihm stehe.

„Alles klar?", sage ich leise und er nickt mit ernster Miene, die komisch bei ihm aussieht.

„Das magische Duo kann loslegen", sagt er immer noch ernst.

Ich hole mein Rad und wir fahren los Richtung Beethovenstraße. Der Rucksack drückt am Rücken, aber da muss man durch. Aus Alis Rucksack riecht es noch tausendmal schlimmer als aus meinem. Er hat einen Kübel drin und noch viel mehr Zeugs, es sieht aus wie ein kleiner Berg auf seinem schmalen Rücken.

Es zieht ihn richtig nach hinten beim Fahren, und ich denke, er muss aufpassen, dass es ihm nicht das Vorderrad in die Höhe zieht. Was soll's. Unsere Fahrradlampen sind aus, es ist hell genug, um alles zu sehen, und selbst möchten wir nicht gesehen werden. Sicher ist sicher. Zum Glück ist kaum ein Mensch auf der Straße. Tagsüber ist es zwar noch heiß, jetzt am Abend aber wird es schnell richtig kühl, und die meisten Leute verziehen sich vor den Fernseher. In den zehn Minuten, die wir bis zu unserem Ziel brauchen, reden wir kaum ein Wort.

Um 20.47 Uhr rollen wir an unserem Ziel vorbei. Alles ist dunkel im Laden, längst ist Feierabend. Die Sache wird klappen. Allerdings sind wir zu früh dran. Wir fahren die Straße weiter bis zum Park, fahren hinein, und weil wir hier ungestört sind, bleiben wir erst mal im schwarzen Grün zwischen Büschen und Sträuchern stehen. Und warten.

„Warum legen wir nicht los?"
Ali gefällt das Warten nicht, mir auch nicht, aber es hilft nichts.
„Erst um halb zehn", sage ich.
Ali kennt die Einzelheiten meines Plans noch nicht, aber die sind schnell erklärt, der Plan ist so einfach wie nur was.
„Wir gehen hinten rein. Hinten ist eine Glastür, die schlagen wir ein", sage ich in die Stille des Parks hinein.
„Was? Das hört doch jeder. Da leben doch sicher jede Menge Leute in den Häusern. Die rufen die Bullen."
Er schaut mich enttäuscht an.
„Das ist dein Plan?"
„Der halbe. Die Scheibe einschlagen ist laut, das ist so, lässt sich nicht vermeiden. Aber wir haben Glück. Du weißt, was heute um halb zehn ist?"
Ali weiß es nicht, drum sage ich es ihm:
„Feuerwerk."
„Echt? Ja stimmt, genau, Fluss in Flammen", sagt Ali.
„Genau das."
Jedes Jahr um diese Zeit wird am Fluss ein großes Feuerwerk gezündet. Tolle Sache, Feuerwerk ist toll, ist so, da kann man nicht drüber streiten. Der bunte Regen, jede Menge Rauch, der am Himmel hängt. Und vor allem eines, für uns wichtig, Explosionen ohne Ende. Leider kann ich mir das Spektakel dieses Mal nicht ansehen, hab anderes zu tun.
„Wir warten mit dem Reingehen, bis es so richtig laut ist, dann hört kein Mensch, wenn ich die Scheibe einschlage."
„Genial!"
Ali sieht mich jetzt bewundernd an. Dabei ist es reines Glück. Bis heute Nachmittag hatte ich selbst keine Ahnung, wie man das Lärmproblem lösen könnte. Dann hab ich das Plakat am Baum gesehen mit dem Feuerwerk. So was nennt man Schicksal.

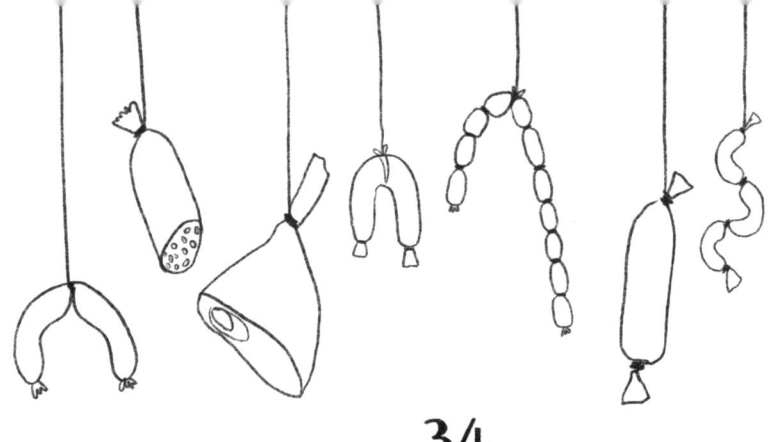

34

Um 21.20 Uhr fahren wir mit unseren Rädern wieder an der Metzgerei vorbei und biegen am Ende des Häuserblocks in die schmale Gasse ein, die zur Rückseite der Häuser führt.

Wir lehnen unsere Räder an einen Baum und gehen so unauffällig, wie zwei Jungs mit riesigen Rucksäcken auf den Rücken unauffällig gehen können, und schlagen uns hinter dem Metzgerhaus in die Büsche. Auch hier ist alles dunkel. Man sieht nicht viel, nur die Zufahrt für die Fleischautos und sonst eigentlich nichts. Perfekt. Ich schaue auf die Uhr, noch zehn Minuten. Also hocken wir einfach da, sind still, haben alle Antennen ausgefahren. Warten. Bloß noch zehn Minuten.

Warten ist Mist. Zu viel Zeit für Gedanken. Gedanken sind Mist. Denn meist denkt man Mist. Mist wie: wenn uns jetzt wer erwischt. Warum ziehe ich da bloß Ali mit rein? Bringt das überhaupt was? Mist eben. Zehn Minuten bieten massig viel Platz für Mist, zehn Minuten können wirklich enorm lang sein.

Mitten in meinen Mistgedanken zucke ich zusammen, Ali auch. Ein Mordsknall, eine rote Explosion am Himmel. Endlich geht es los. Eine Rakete, wieder rot, dann noch eine, die nächste, blau, gold, blau.  Ich hole den Pflasterstein aus der Tasche, einen richtig schönen großen Stein, den ich einfach aus einem Haufen Steine von einer Baustelle genommen hab. Wir stehen auf, das dauert drei Sekunden länger als sonst, die Beine sind im Hocken eingeschlafen.

„Los, jetzt", sagt Ali. Ich schüttle den Kopf.

„Noch nicht", sage ich und schaue hoch.

Die Raketen steigen in den schwarzen Himmel, knallen, immer nur eine nach der anderen. Wir brauchen aber einen Dauerrums, sonst hört man uns trotz der Knallerei.

Eine Ewigkeit von zwei oder drei Minuten später ist es so weit, eine ganze Brigade von Raketen geht hintereinander hoch und explodiert in einer goldenen Lärmorgie. Ich habe längst den dicken Skihandschuh aus der Tasche geholt und angezogen, packe den Stein fest mit der Hand und knalle ihn gegen die Scheibe. Einmal, zweimal. Gibt's doch nicht.

Schnell, Luke, konzentrier dich.

Ich greife noch fester zu, nehme volle Kanne Schwung und donnere den Stein endlich durch das splitternde Glas.

Der Knall ist enorm, fällt aber bei der himmlischen Ballerei hoffentlich nicht auf.

Die Scherben knirschen unter den Füßen, als wir durch die demolierte Glastür ins Innere gehen. Es ist dunkel hier drinnen, der halb volle Mond verschafft uns zwar eine gewisse Helligkeit, aber eben nur eine Spur.

Der Raum ist groß, es riecht nach Wurst und Desinfektionsmittel. Nicht mehr lang, dafür wollen wir sorgen. Die Explosionen der Raketen machen mich unruhig, man hat immer das Gefühl, als stünde plötzlich jemand hinter einem. Die Farben, die durch die Fenster hereingeworfen werden, kann ich auch nicht genießen, ich will das jetzt schnell hinter mich bringen. Schließlich bin ich nicht zum Vergnügen hier, sondern weil die Sache dringend sein muss. Ali holt seinen Kübel aus der Tasche, und ich sehe, dass es eigentlich ein kleines Fass ist mit einem Deckel drauf. Wir öffnen es, und ein unglaublicher Gestank steigt uns in die Nasen, ich drehe mich sofort weg. Ali kramt in seiner Tasche und hält mir eine Wäscheklammer vors Gesicht. Weil ich vermutlich dumm dreinschaue, zwickt er sich die Klammer auf die Nase, kramt noch mal in der Tasche und gibt mir eine zweite. Gar nicht dumm, der Mann. Die Klammer hilft zwar, aber den Gestank habe ich irgendwie schon inhaliert und es kommt mir vor, als hätte ich Dünnschiss getrunken.

Eigentlich würde es ausreichen, wenn wir das Fass einfach hier im Raum stehen ließen, aber wir halten uns an den Plan. Ich nehme das Fass, gehe damit hinter die Theke und schütte die Jauche überallhin. Auf das Fleisch, auf die Wurst, auf die Registrierkasse, auf den Getränkeautomaten.

Ich entdecke eine nicht abgesperrte Tür und komme in einen Raum, in dem jede Menge Messer und so Zeug liegen und leere den Rest darüber aus. Mir ist inzwischen so schlecht, dass ich kotzen könnte. Ich will nur noch raus.

Ich schaue zu Ali rüber, er hat eine Spraydose in der Hand und sprüht gerade ein t an die Wand. Im Dunkeln kann man es kaum erkennen, aber ich weiß, was da in blutroter Farbe steht.

Fertig. Wir schauen uns um. Die Arbeit ist getan, Mission erfüllt. Die Spraydose nehmen wir mit, das Fass lassen wir liegen, es stinkt einfach zu erbärmlich.
Raus hier!

35

„Und du glaubst nicht, dass er um die Zeit zu Hause ist?", sagt Ali.

Er misstraut meinem Instinkt, aber ich bin mir ziemlich sicher. Stony ist nicht der Typ, der um zehn ins Bettchen geht, damit er am nächsten Tag frisch und munter aus der Wäsche guckt. Soweit ich das einschätzen kann, ist er jede Nacht auf Achse und vertickt sein Gift. Künftig ohne Nelly. Dafür werde ich sorgen. Und zwar gleich.

Den Metzger haben wir hinter uns, wir sitzen wieder auf unseren Rädern und sind auf dem Weg in die Ausgehmeile der Stadt. Hier werde ich Stony finden.

Vorher machen wir bei einer Tankstelle halt und ziehen eine Cola aus dem Automaten. Beim Trinken merke ich erst, was für einen Riesendurst ich hab. Ali will eine kurze Pause machen, aber ich dränge ihn zum Weiterfahren. Man muss in Bewegung bleiben, sonst wird man erst so richtig müde. Ich weiß das vom Training. Sobald man merkt, dass man nicht mehr kann, muss man sofort weitermachen. Nur das hilft.

„Und wenn er nicht da ist?", fragt Ali.

„Dann fahren wir zu ihm nach Hause. Ganz einfach", sage ich, auch wenn ich hoffe, dass wir die Sache schnell hinter uns bringen können.

Zehn Minuten später biegen wir in die Ausgehmeile ein, eine Einbahnstraße mit jeder Menge Pubs auf beiden Seiten. Und es ist genau so, wie ich gehofft habe, eigentlich habe ich es ja sogar gewusst. Vor der Blue Box steht Stonys X-Treme. Dürfte sein Stammlokal sein. Daneben sehe ich eine Handvoll weiterer Mopeds und Motorräder, deren Besitzer wahrscheinlich alle im Lokal sind, keiner hängt auf der Straße rum.

„Das rot-weiße Bike ist es. Du schaust, ob die Luft rein ist, und ich mach es", sage ich zu Ali und schwinge mich vom Rad. Ich knie mich hin und hole eine Beißzange aus dem vorderen Fach meines Rucksacks. Ein ziemlich großes Teil, die Zange. Das muss jetzt schnell gehen und es geht schnell. Schnipp und schnipp und schnapp, alle Leitungen müssen ab. Bremsseil, Starterkabel, Kupplungsseil. Mann, so ein Ding hat ja viel mehr Drähte als ein Fahrrad. So, einen noch, das reicht, fertig.

Ein Pfiff.

Ich drehe mich um. Ali fuchtelt mit den Armen. Aus der Tür der Blue Box fällt Licht, eine Gestalt kommt raus und tritt auf das Pflaster. Ich erkenne Stony sofort, großer, lässiger Typ, schwarze Lederjacke, blaue Jeans. Er dagegen erkennt mal überhaupt nichts, muss sich erst an das Halbdunkel der Straße gewöhnen. Leider geht das ziemlich schnell.

Er checkt die Lage, flucht und stürmt auf mich zu. Ich knie immer noch neben seinem Teil und merke, dass mein Fuß schon wieder eingeschlafen ist. Wertvolle Sekunden vergehen, bis ich endlich senkrecht bin. Schon ist er vor mir und holt zu einem Schlag aus. Seine Hand schnellt auf mein Gesicht zu, ich kann den Schlag aber mit der äußeren Handkante abwehren. Dass er so einen Knirps wie mich nicht auf Anhieb umhauen kann, das überrascht ihn.

Er sieht die Beißzange auf dem Boden liegen, sieht sein demoliertes Bike, braucht zwei Sekunden, um so richtig in Rage zu kommen. Er bückt sich, ich will lieber nicht wissen, was er vorhat, und kicke gegen sein linkes Ohr, bevor er die Zange zu fassen bekommt. Sein Kopf kippt zur Seite, er fällt sofort hin, wahrscheinlich ist er besoffen oder bekifft, und ich verpasse ihm als

Nachschlag einen Tritt in die Eier. Ein echt erbärmliches Winseln kommt aus seinem Hals. Wie er so daliegt und sich windet und krümmt, hole ich mein Handy aus der Hosentasche und halte ihm das Video hin, nah genug, dass er es sehen kann, aber weit genug weg, damit er sich das Handy nicht schnappen kann. Das Video, das ihn beim Verticken seines Giftes zeigt.

„Mann, wer bist du? Was willst du Zwerg von mir?", sagt er und will sich aufrichten. Ich gebe ihm zur Sicherheit noch einen Tritt in die Nüsse. Nicht mehr so doll wie beim ersten Mal, aber hart genug, damit er auf der Matte bleibt.

„Schön liegen bleiben", sage ich. „Das hier geht zur Polizei, für den Fall, dass du dich nicht von Nelly fernhältst."

„Verdammt, was hat diese Fotze damit zu tun?"
Den nächsten Tritt hat er sich wirklich verdient. Er krümmt sich und ich sage:

„Nichts hat sie damit zu tun. Überhaupt nichts. Und du hast mit ihr auch nichts mehr zu tun. Solltest du Nelly noch einmal treffen, sie anrufen oder ihr auch nur eine Nachricht schicken, geht das zur Polizei. Hast du mich verstanden?"

Ich täusche noch einen Tritt an.

„Ja", sagt er und hält sich die Hände vor den Schritt.

Er kann's aber nicht lassen und fragt:

„Aber wieso?"

„Heul nicht rum. Lass die Finger von Nelly, mehr musst du nicht wissen", sage ich und gehe schnell zum Rad. Wo Ali mich schon ungeduldig erwartet.

Wir geben Gummi, und als ich mich umdrehe, sehe ich, wie Stony versucht, sein Bike zu starten. Außer einem wütenden Fluchen hört man aber keinen Mucks. Toter als tot, das Teil.

„Danke, dass du mich gewarnt hast", sage ich zu Ali, als wir ein paar Straßen weit geflitzt sind.

Er versteht das falsch, als Kritik nämlich, und sagt:

„Ich hätte dir geholfen, aber du hast ihn ja sofort fertiggemacht. Da habe ich lieber geschaut, ob sonst niemand kommt."

„Und das war genau richtig", beruhige ich Ali und ich meine es haargenau so.

Ali hätte ohnehin null Chancen gehabt. Vierzig untrainierte Kilos gegen so einen Typen? Wäre sinnlos gewesen.

36

Gleich ist Geisterstunde. Das Ausgehviertel liegt weit hinter uns, niemand ist uns gefolgt. Das Adrenalin fegt mir immer noch durchs Blut, ich bin voll aufgedreht. Keine Spur jetzt von Müdigkeit. Und das ist gut so, weil, das große Finale steht kurz bevor. Wir sitzen immer noch auf den Rädern und fahren Richtung Bank. Alis Rucksack ist jetzt um einiges leichter als zuvor, meiner leider noch nicht. Wenn mal ein Auto kommt, verdrücken wir uns in eine Seitenstraße oder gehen hinter einem Lieferwagen in Deckung, damit wir nicht gesehen werden. Zum Glück sind kaum noch Leute auf der Straße.

Wenige Minuten später sehen wir nur hundert Meter vor uns das Logo der Bank leuchten. Mein Herz rast jetzt wie wild. Ich fahre in die nächste Seitenstraße und Ali folgt mir, bis wir in einen Spielplatz einbiegen. Wir lehnen unsere Räder an eine hohe Hecke und hocken uns in ihrem Schutz auf zwei große Steine, die dort rumliegen. Ali schaut mich groß an.

„Was ist los? Kneifst du?"

„Ali, ich brauch dich jetzt nicht mehr. Das ist zu gefährlich. Fahr heim. Echt, denk mal nach, ist besser so", sage ich so eindringlich und leise wie möglich.

„Spinnst du? Wir sind das magische Duo. Schon vergessen? Was willst du allein? Keine Chance, wir machen das zusammen."

„Ali, bitte. Jetzt lass mal den Superhelden-Blödsinn. Das hier, das ist jetzt ernst. Oder siehst du hier irgendwo eine Comicfigur?"

„Gut, dass du fragst", sagt Ali und kramt in seiner Tasche.
Er zieht ein paar Stofffetzen heraus und drückt mir einen blauen in die Hand.

„Aufsetzen", sagt er. Ich glaub es nicht. Ali hat tatsächlich eine Maske für mich gemacht und auch er setzt sich seine eigene auf, eine rote, er sieht ein wenig aus wie Spiderman.

„Du spinnst", sage ich.

„Überhaupt nicht. Die brauchen wir. Luke, schalt doch mal die Denkbirne ein. Banken werden sicher überwacht. Irgendwo ist garantiert eine Kamera. Und damit erkennt uns keiner", sagt er, und ich muss ihm recht geben. Mit der Maske sieht man zwar mordsmäßig bescheuert aus, aber keiner weiß, wer da so bescheuert aussieht. Ich ziehe mir also das Ding über den Kopf und bin positiv überrascht. Ich dachte, dass es kratzt oder man nichts sieht und schwer Luft bekommt. Nichts dergleichen, alles super, es fühlt sich an wie kühle Seide, echt angenehm. Kleiner Schönheitsfehler: Der Geruch der Scheiße, die Ali im Rucksack gehabt hat, hat sich in den Stoff gefressen. Aber weil ich den Geruch ohnehin schon den ganzen Abend in der Nase habe, ist das halb so schlimm. Jetzt wird es ernst. Wir überprüfen, ob wir alle Utensilien dabeihaben. Ali holt eine Gasflasche aus seinem Rucksack, die mir viel zu klein vorkommt, und ich stelle den Kanister mit Benzin auf den Boden. Das Feuerzeug habe ich getrennt davon in der Hosentasche aufbewahrt, ich bin ja kein Selbstmörder.

„Du kennst dich wirklich aus mit dem Gas?", frage ich Ali.

„Ist nicht schwer. Hab ich im Internet gelesen. Wenig Gas ist genug. Du willst ja nur den Automaten knacken und nicht die ganze Bank in die Luft jagen. Oder?"

„Klar. Nur das Geld."

„Dann holen wir dein Geld", sagt Ali, der jetzt wirklich so mutig ist wie ein Superheld.

„Und du bist dir sicher, dass wir das Geld damit nicht kaputt machen?"

„Ist so. Sprengkraft geht nach außen. Kannst du überall nachlesen."

Ich muss ihm das wohl glauben. Wir räumen die Sachen wieder in die Rucksäcke, schwingen sie auf unsere Rücken und uns auf die Räder. Bevor wir auf die Straße fahren, schauen wir uns um. Nichts zu hören, nichts zu sehen. Zwei Minuten später sehe ich wieder das Logo. Fünfzig Meter bis zur Bank. Wir bleiben stehen, sehen uns wieder um. Keine Leute, keine Autos. In dieser Straße sind nur Geschäfte, hier wohnt kaum einer. Hoffe ich.

Jetzt muss es schnell gehen. Wir stellen die Räder ab, nehmen die Rucksäcke. Der Plan ist so einfach wie nur was. Mit einem Rums sprengen wir ein Loch in den Blechkasten, ich greif rein, hol das Geld raus und ab durch die Mitte. Ali nimmt die Gasflasche und geht zum Bankomaten. Er hat mir geschworen, dass es total einfach ist. Er lässt jetzt ein wenig Gas in den Schlitz, wo das Geld rauskommt und fertig. Ich selbst nehme den Benzinkanister, gehe auch zum Bankomaten, schraube den Deckel vom Kanister ab, und als Ali fertig ist mit dem Gas und zu seinem Rad geht, schütte ich Benzin auf den Automaten und ziehe dann eine Benzinspur quer über den Boden. Eine Art Zündschnur also.

Nach ein paar Metern ist das Benzin alle. Jetzt brauche ich nur noch das Feuerzeug und peng.

Plötzlich kommt mir der Gedanke, dass wir die Sache mit dem Metzger besser hätten sausen lassen sollen, weil wir den Lärm des Feuerwerks hier viel besser hätten gebrauchen können. Zu spät, Luke, denke ich, zu spät.

Ali kommt angestürmt.

„Luke, du bist zu nah dran!" Er meint, dass die Benzinspur zu kurz ist.

„Das muss reichen, mehr ist nicht drin", sage ich und wedle mit dem leeren Kanister.

„Reicht nicht", schreit Ali im Flüsterton.

„Muss. Los, geh zurück", sage ich, und als ich das Feuerzeug in der Hand habe, läuft er endlich zu seinem Rad.

„Du musst sofort wegrennen, wenn das Benzin brennt", drängt Ali.

„Klar. Was sonst?", sage ich.

Dann sage ich nichts mehr. Ich klicke das Feuerzeug an und halte die Flamme an die Benzinspur am Boden. Funktioniert einwandfrei. Die Lunte brennt, ich drehe mich um, starte durch. Und bin weg.

37

Wo bin ich?

Ich kenn mich nicht aus. Jemand schleift mich über den Boden, spüre zwei Hände unter den Achseln. Jemand flucht. Hört sich indisch oder arabisch an oder so, jedenfalls klingt es nach Fluchen, aber ich versteh kein Wort. Die Hände zerren mich immer weiter weg von der Stelle, wo es qualmt. Sieht aus, als wäre was explodiert, und genau da denke ich, Shit, kein Alptraum, das ist jetzt echt und ich hab das verbockt. Ich schaue hoch und sehe Spiderman. Als ich huste, stoppt mein Heldenfreund, schaut mich an, erkennt, dass ich unter meiner Maske am Leben bin, macht innerlich sicher einen Freudentanz und sagt immer wieder, dass wir schnell wegmüssten.

Na, was denn sonst? Inzwischen ist mir das auch klar.

Ich will aufstehen, geht nicht, mir ist schwindlig.

„Komm schon", sagt Ali und hilft mir hoch.

Er schleppt mich zu den Rädern, schnallt mir meinen Rucksack um und schiebt mich an, damit ich lossausen kann. Aber ich hab einen Platten, nicht mein Rad, sondern ich selbst. Fühle mich, als wär die Luft raus aus mir. Nach vielleicht dreihundert Metern kann ich nicht mehr, rolle auf einen Rasen, falle fast vom Rad, muss kotzen. Ich reiß mir die Maske vom Kopf, sie segelt auf den Boden.

Das Kotzen gelingt mir, ohne abzusteigen oder vom Rad zu fallen, reife Leistung. Als im Haus hinter dem Rasen ein Licht angeht, fahren wir schnell weiter.

Mir ist selbst in meinem bescheidenen Zustand klar, dass ich nach Hause muss, wo sonst könnte ich hin? Zum Glück sind es nur noch ein paar hundert Meter, das ist zu schaffen.

Da wir sicher kein Erdbeben haben, hatten wir noch nie, bin ich es wohl, der da schwankt. Mir ist schlecht wie nur was, aber es muss gehen. Vielleicht habe ich Tränen in den Augen, oder es regnet, jedenfalls sehe ich nicht so, wie ich sehen sollte, irgendwie verschwommen das alles.

Endlich da. Licht brennt keines im Haus. Es ist nach Mitternacht. Wir sehen auf der Terrasse nach und haben Glück, die Tür ist angelehnt. Papa hat wohl geglaubt, ich mach ein spätes Abendtraining und hat offen gelassen. Oder er hat gar nicht an mich oder an irgendwas anderes gedacht und ist betrunken ins Bett gefallen. Ali bringt mich die Treppe hoch zu meinem Zimmer. Er stützt mich und legt mich ins Bett. Zieht mir die Schuhe aus und auch die Hose, was mir peinlich ist. Er versteckt meinen Rucksack ganz hinten im Schrank, schleicht ins Badezimmer und kommt mit einem nassen Lappen zurück. Er wischt mir das Gesicht ab. Und die Ellbogen, die schwarz sind und brennen.

Ich liege da im T-Shirt und in Unterhosen und mir wird ganz warm ums Herz. Fühlt sich richtig gut an. Ali glaubt plötzlich, dass ich vielleicht doch nicht schlafen soll, er hat mal im Fernsehen gesehen, dass man mit einer Gehirnerschütterung nicht schlafen soll, und so wie ich mit dem Kopf auf den Asphalt geflogen bin, ist der Gedanke gar nicht so abwegig.

„Du gehst jetzt zu deinem Vater und sagst ihm, dass dir schlecht geworden ist. Du hast trainiert und bist ohnmächtig geworden. Dann bist du wieder aufgewacht und jetzt geht's dir saumäßig. Okay? Hast du das verstanden?"

Ali der Boss.

Er hat seine Maske abgenommen und sieht mich an, als ob ich gleich abkratzen würde. So ein Blödsinn. Er sagt mir das Ganze noch mal und zieht mich an der Hand aus dem Bett. Auf dem Kopfkissen bleibt ein roter Fleck zurück, ich greife mit der Hand an meinen Hinterkopf und da ist es tatsächlich nass.

„Scheiße, Mann", sagt Ali und bringt mich vor die Tür meines Vaters. „Du gehst da jetzt rein und sagst ihm, dass er dich ins Krankenhaus bringen soll, klar?"
Ich nicke und er hämmert voll gegen die Tür, macht sie auf, schiebt mich rein und haut ab. Braver Junge.

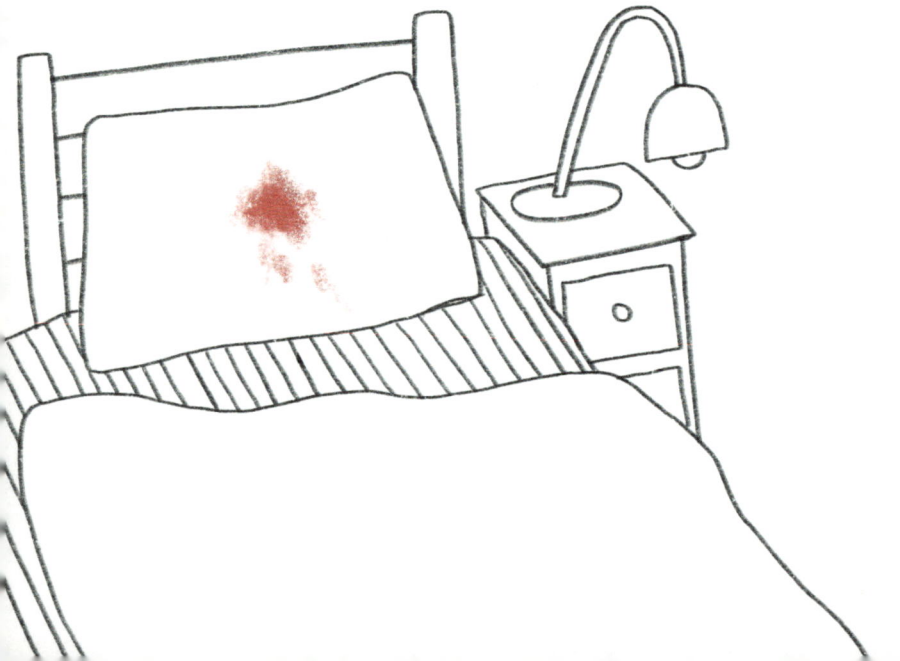

38

Was dann genau passiert, weiß ich nur ungefähr. Ich torkele ins Zimmer und falle ins Bett auf Papa drauf. Der kriegt einen mächtigen Schreck, fährt mit dem Oberkörper hoch, krächzt, was los und was passiert sei.

Und weil er keine Antwort bekommt, mein Gehirn setzt irgendwie aus und ich weiß nicht mehr, wie man redet, springt er aus dem Bett, um einen Überblick über die Lage zu bekommen.

Jetzt torkelt er herum und nicht ich, findet den Lichtschalter, schaut mich groß an, wird panisch, vielleicht schaue ich komisch zurück, dann sucht er wohl ein brauchbares T-Shirt und eine Hose und wahrscheinlich auch einen klaren Gedanken. Sein seliger Bierrausch hat sich binnen Sekunden in Luft aufgelöst, und die Realität kann einen schon mal überfordern.

Mir wird's immer schwummriger im Kopf. Ich hab noch ein letztes Bild vor Augen: Papa in Unterhosen, der sich die Haare rauft und heftig überlegt, was er jetzt machen soll.
Ich will ihm noch sagen, dass nun alles wieder gut wird und er sich keine Sorgen mehr machen braucht, aber dazu komm ich nicht mehr, denn jetzt ist Sense und die Lichter gehen aus.

Kurz gehen sie noch mal an, ich liege jetzt auf dem Rücksitz im Auto und Papa gibt Gas. Er bolzt durch die Nacht Richtung Krankenhaus. Lichter fliegen an den Fenstern vorbei, und dann ist wieder alles schwarz. Trotz des lauten Fahrtwindes, der durch die halb offenen Fenster braust, herrscht in mir eine eigenartige Stille, und auch wenn ich mir eine Decke wünsche, ist mir ange-

nehm warm. Richtig schön kuschelig könnte es jetzt in meinem Bett sein. Denn nichts auf der Welt würde ich lieber tun, als jetzt ein Jahr lang durchzuschlafen. Ich sacke so richtig schön runter, wohin auch immer, ruhig und warm ist es hier jedenfalls, und innerhalb weniger Sekunden löse ich mich auf in einem angenehmen Nichts.

39

Augen, die mich anstarren. Augen, die starren und gleichzeitig zu lächeln scheinen. Ein Gesicht ohne Konturen mit aufgeregten, starren Augen.

Mein Gehirn rotiert.

Wie erkennt man eigentlich, ob man verrückt geworden ist? Die Augen, das Gesicht, mein Verstand, der nicht anspringt. Wird man so wahnsinnig? Wenn ich nicht schon liegen würde, würde es mich umhauen.

Wie und was bitte?

Ich mache die Augen wieder zu. Spüre meinen Atem. Der ist immer noch so wie früher, auf den ist Verlass. Er wird jetzt langsamer. Ein dumpfes Pochen im Kopf, sonst spüre ich sehr wenig. Noch eine Runde schlafen, denke ich mir.

Atme langsam vor mich hin.

Atme. Langsam. Langsam.

Der Atem fließt einfach so in mich rein und wieder aus mir raus.

Dann gebe ich dem Drang nach und öffne wieder die Augen.

Die Augen, das Gesicht. Mamas Gesicht? Neben mir? Im Bett neben meinem Bett?

Wie kann das sein?

Mamas Augen, die nicht in die Luft starren, sondern mich anschauen. Und jetzt auch wieder lächeln, weil sie sieht, dass ich sie sehe? Sie liegt auf der Seite, sodass sie zu mir hersehen kann. Jetzt bewegt sie den Mund. Wie ein Fisch, da kommt auch nichts raus außer heiße Luft.

„Mama?", sage ich.

Sie verzieht ihr Gesicht, das soll wahrscheinlich ein Lächeln werden. Ganz gelingt ihr das nicht, aber es ist klar, dass sie Kontakt zu mir aufnehmen will. Und Kontakt, das heißt doch, dass sie lebt. Und wach ist!

Sie ist wach! Wie kann das sein? Der Arzt sagte doch, dass sie sterben muss. Und nun ist sie wach?

Mein Atem geht jetzt schnell. Ich richte mich auf, merke, dass ich verkabelt bin und eine Nadel in meinem Arm steckt. Ich reiß das Ding raus, tut weh, setze mich ganz auf, alles dreht sich. Ein paar Sekunden warten. Dann langsam runter vom Bett, zwei Pudding-Schritte, dann lasse ich mich auf den Stuhl fallen, der zwischen unseren Betten steht.

Ich lege den Kopf auf den Rand ihres Bettes und schaue ihr in die Augen. Sie sagt nichts, hebt nicht die Hand, um mir über den Kopf zu streichen, sie tut auch sonst nichts. Ihren Augen sieht man aber an, dass sie all das gern tun würde, es nur noch nicht kann. Dann muss ich das wohl übernehmen. Ich nehme ihre Hand in meine Hände, streichle ihren Arm. Schaue ihr ins Gesicht, in die Augen, die mich sehen.

Epilog

Gestern war es ein Jahr her, seit Mama wieder wach ist. Es hat sich eine Menge getan in der Zeit.

Das Schuljahr ist vorüber, ich hab damals ein paar Tage versäumt, als ich im Krankenhaus lag, Gehirnerschütterung und solche Kleinigkeiten, nicht mehr und nicht weniger, aber die Klasse habe ich mit super Noten abgeschlossen.

Jetzt hat das neue Schuljahr wieder angefangen, genauer gesagt ist es die erste Schulwoche, und ich sitze schon wieder in einer neuen Schule, in einem Oberstufengymnasium, weil, klaro will ich einen super Abschluss machen, ich wüsste nicht, was ich sonst tun könnte. Das wird sich später schon noch zeigen, was ich mal werden will. Aber keine Schule besuchen und nicht wissen, was sonst machen, geht auch nicht. Natürlich sind jetzt alle Schüler und auch die Lehrer schon wieder neu für mich. Außer Kathi und Ali. Die wollten auch nicht aufhören mit der Schule und weil sie keine bessere Idee hatten, haben sie sich in derselben Schule angemeldet wie ich.

Übrigens, die anderen Klassenkameraden vermisse ich doch mehr, als ich erwartet habe. Anfangs dachte ich ja, das seien alles Idioten, aber das stimmt nicht. Die meisten waren mehr als okay, gemerkt habe ich das vor allem daran, dass mich fast die ganze Klasse im Krankenhaus besucht hat, genauso wie Wenzel, unser Oberlehrer und auch Weixlbaumer.

Dass die alle da waren, war mir einigermaßen peinlich, aber es war auch rührend, wie sie sich Sorgen gemacht haben.

Kathi hat auch an meinem Bett gesessen und mir erzählt, was in der Schule so los war. Mehr als einmal war sie da und man hat gemerkt, dass sie das wirklich wollte. Ali sagt, ich soll nicht so blind sein und sie endlich küssen, und ich glaube, sie hätte nichts dagegen, aber einfach so? Nein, einfach so nicht, da muss schon der richtige Moment kommen.

Ali und ich sind beste Freunde. Oft fahren wir mit den Rädern herum. Manchmal sind wir dann wieder das magische Duo, das die Gegend patrouilliert, wir schauen dann, ob alles in Ordnung ist. Und das ist es. Momentan gibt es keinen Bedarf für Superhelden, die ausreiten.

Und wenn ihr euch fragt, warum wir überhaupt so lustig auf unseren Rädern herumfahren dürfen und nicht irgendwo in einem Knast sitzen, dann überlegt doch mal: Erstens waren wir in der Nacht der Rache, wie Ali sie gern nennt, erst dreizehn. Mit dreizehn wird kein Mensch eingesperrt. Höchstens die Eltern, weil sie nicht auf dich aufgepasst haben. Und zweitens, und das ist viel wichtiger, kein Mensch weiß, dass wir das waren. Beim Metzger hat uns niemand beobachtet. Und Stony kennt mich nicht. Er hätte es zwar sicher rauskriegen können, hat er aber nicht. Vielleicht hat er einfach Schiss vor der Polizei, immerhin hab ich das Video, das ich hüte wie einen Schatz.

Und die Bank? Keine Kamera überm Automaten. Außerdem hatten wir unsere Masken auf.

Vandalen zerstören Bankautomaten

stand in der Zeitung. Als Papa das gelesen hat, hat er zuerst gelacht und dann gemeint:

„Schade, dass die denen das Geld nicht geklaut haben, das hätten sie verdient."

Ich hab mein Bestes gegeben, hab ich gedacht, aber sagen konnte ich es ihm natürlich nicht. Ich weiß nicht, ob jemals der Zeitpunkt kommt, dass ich es ihm sagen kann, wer weiß, wie er reagieren würde?

Im Nachhinein ist es ein Glück, dass Papa nicht wissen wollte, wer ihn damals beim Autofahren verprügelt hat. Er weiß bis heute nicht, dass es der Metzger war. Die Sache mit dem Metzger ist nämlich in den Zeitungen an die viel größere Glocke gehängt worden als die Sache mit dem Bankomaten. Da haben sich die Leute echt aufgeregt. Dass jemand eine solche Sauerei mit den Säuen anrichtet, das hat vielen nicht gepasst. Das schöne Fleisch! Essen so zuzurichten! Eine Sünde!

Hätte Papa gewusst, dass die Metzgerei dem Typen gehört, der ihn aus dem Auto gezerrt und auf offener Straße geschlagen und gedemütigt hat, und hätte er dann eins und eins zusammengezählt, nämlich dass Gunnars Bankomat demoliert wurde und das Geschäft seines Prüglers in ein und derselben Nacht verwüstet wurde, dann wäre ihm vielleicht ein Licht aufgegangen.

Dann hätte er vielleicht angefangen nachzudenken. Ob das wirklich stimmen kann, dass mir beim Training so arg schlecht wurde, dass er mich ins Krankenhaus bringen musste.

Zum Glück kam Papa gar nicht auf die Idee, sich diese Fragen zu stellen, weil er sowieso schon genug andere Probleme am Hals hatte.

Gestern, zum Jahrestag, war unser Haus voll wie schon seit Jahren nicht mehr. Wir haben Mamas ersten Wiedergeburtstag gefeiert und alle möglichen Leute sind gekommen.
Nicht nur Mamas Papa, auch Onkel und Tanten, die ich kaum kenne, sind rumgesessen. Nachbarn haben gratuliert, sogar Friesi war kurz da, mit seiner Minifrau, und hat Mama einen Strauß Blumen vors Gesicht gehalten, gekillte Pflanzen, die vorher noch fröhlich in seinem Garten vor sich hin gewachsen sind.
Auffällig an Friesi war, dass er versucht hat, Nelly nicht anzuschauen. Wenn sie mit ihrem Mädchenhintern durchs Bild gewackelt ist, ist er immer nervös geworden, weil Minimaus, die ihren mächtigen Hintern unter einem weiten, hellen, geblümten Kleid trug, dann immer ihn, also ihren Mann, angeschaut hat, und dann Nellys Hintern und dann wieder ihn. Und Friesi hat die ganze Zeit krampfig versucht, irgendwo hinzuschauen, nur nicht auf Nellys Jeansrock. Fast tut er mir sogar ein wenig leid, offenbar zieht ihn Nellys Hintern mächtig stark an und der Ärmste darf nicht mehr gucken. Sogar die Reckstange im Garten hat er abbauen müssen, da hat Minimaus ganze Arbeit geleistet.
Nelly hatte übrigens ihren neuen Freund dabei, Jo, denn Johann will er nicht genannt werden. Jo tut Nelly gut. Tausendmal besser als Stony, der damals von der Bildfläche verschwunden ist. Wahrscheinlich hat er sehr schnell Ersatz für Nelly gefunden, ein anderes Mädchen, das keinen lästigen Bruder hat.
Meine Schwester ist jetzt wieder so wie früher. Eine gute Schwester, die auch wieder wie eine Schwester aussieht und nicht wie eine Tusse. Mama hat Nelly immer über den Rücken oder den Arm gestrichen, wenn sie an ihrem Festtag, dem ersten Geburts-

tag, an ihr vorbeiging, und Nelly hat so getan, als ob sie das nicht mochte. Ich weiß aber ganz genau, dass sie das sogar sehr mochte. Mama war schon fast die alte, immer auf den Beinen, lief ständig in die Küche, brachte Kaffee, Wasser, Kuchen und danach Alkohol und Snacks. Räumte wieder ab und wollte sich von keinem helfen lassen. Ich sah sie kaum sitzen. Es könnte sein, dass sie immerzu laufen wollte, um nicht zu viel an die Zeit im Krankenhaus denken zu müssen. Es hat zwar kaum einer davon geredet, aber alle wussten ja, warum sie hier waren.

„Auf deinen ersten Geburtstag!", rief Papa in das Summen und Murmeln der vielen Stimmen hinein. Das freute mich besonders, dass Papa auch da war und dass es ihm besser zu gehen schien. Er hatte jetzt wieder Farbe im Gesicht und auch seine Klamotten konnten sich wieder sehen lassen.
Den Schlabberlook, von dem
man schon beim Hinsehen
depressiv wurde, wird
er hoffentlich nie
wieder auspacken.

Nachdem Mama vor einem Jahr aufgewacht war und dann nach einigen Wochen Therapie auch wieder heimdurfte, waren wir wieder vollständig. Aber, alles beim Alten, das war's noch lange nicht. Mama konnte zwar schon wieder gehen und sogar ein bisschen joggen, musste aber sonst fast alles neu lernen, wie ein Kleinkind. Jeden Handgriff. Wie man eine Tür aufsperrt und wie man sich die Zähne putzt. Zähne putzen klingt zwar kinderleicht, wenn du aber noch kein Gefühl dafür hast, weil dein Gehirn diese Bewegung gelöscht hat, dann schrubbst du dir das ganze Gesicht wund, nur die Zähne triffst du nicht. Und das Sprechen erst! Es hat Wochen gedauert, bis Mama die ersten Laute über die Lippen bekam, und als das endlich geklappt hat, redete und redete sie, bloß: nur Unsinn! Kein Mensch konnte verstehen, was da aus ihrem Mund kam. „Ischwa intschu" zum Beispiel. Was bitte soll das heißen? „Ich war in der Schule?" Keine Ahnung. Mama brabbelte nach dem langen Koma jetzt ohne Punkt und Komma. Das hörte sich alles lustig an, ich habe mir am Anfang sogar gedacht, sie mache sich vielleicht einen Spaß mit uns. So kann man doch nicht reden! Aber klar, das war kein Spaß. Mit der Zeit wurde das Reden aber immer besser und plötzlich konnten wir ihren Buchstabensalat wieder verstehen.

Das war auch die Zeit, als wir die Spiegel im Haus wieder aufhängen durften. Die hatte Papa nämlich abnehmen müssen, weil Mama jedes Mal geschockt war, wenn sie ihr Spiegelbild gesehen hat. Sie sah nämlich, was wir alle sahen: eine total Unbekannte. Eine Frau, die um einiges älter war als Mama, viel dicker und mit kugelrundem Mondgesicht. Das war wirklich krass am Anfang. Aber mit jedem Tag Training ist sie wieder mehr der Mensch geworden, der sie früher einmal war.

Auch das flache Teiggesicht verschwand langsam, aber sicher, zuerst deuteten sich die Wangenknochen wieder an, dann schälte sich die alte Gesichtsform aus dem Pudding. Mama bekam alle möglichen Therapien, damit sie wieder ein normaler Mensch werden konnte, jeder half ihr, wo er konnte.

Nein, das Koma hat Mama nicht brechen können. Sie war schon bei ihrer ersten Geburt nicht mit dem linken Fuß zur Welt gekommen. Und auch jetzt hat sie wieder den richtigen erwischt. Ein Glückskind. Oder eine Sache des Willens?

Diese Frage stellt sich auch, wenn man versucht, dahinterzukommen, warum sie damals, vor einem Jahr, so plötzlich wieder aufgewacht ist. Wie hat sie das geschafft? Warum ist es passiert?

Wissen tut es keiner. Die einen sagen, es war Glück, die anderen sagen, Mama schafft eben alles. Die Ärzte sagen, dass ein Wechsel der Medikamente zum genau richtigen Zeitpunkt das Wunder bewirkt hat.

Ein kleines Wunder war es wirklich, zumindest behaupten das die Ärzte. Dass jemand nach einem Jahr aufwacht und sich dann so schnell erholt und, wie es aussieht, alles wieder wird wie vorher. So was gibt es anscheinend nicht oft. Die meisten sterben oder bleiben bis zum Tod Pflegefälle, die im Rollstuhl dahinvegetieren. Manchmal danke ich Gott dafür, dass Mama es so gut schafft, auch wenn ich nicht weiß, ob es ihn gibt. Aber irgendwie fühlt sich das richtig an.

Während Mama von Tag zu Tag kräftiger wurde, wieder zu lachen begann und sich ihr Leben zurückerkämpfte, ging das Leben von Papa komischerweise immer mehr den Bach runter. Es ging ihm verloren, und er ging uns verloren. Er wurde immer ruhiger und drückte sich nur noch in den Ecken rum. Und dann passierte was Krasses, das hat mich echt umgehauen.

Papa ging. Hat einen Koffer gepackt und weg war er.

Er hat sich einweisen lassen. In eine Nervenklinik. Freiwillig. So was hätte ich mir nie denken können. Er konnte einfach nicht mehr. Das hat er zumindest gesagt, und ich weiß bis heute nicht wirklich, was er nicht mehr konnte.

Mama war ja wieder da und alles wurde wieder gut. Habe ich mir zumindest gedacht. Aber so wie Papa aussah, wurde langsam klar, es war doch noch nicht alles gut. Es war, als hätte jemand einen Stöpsel gezogen und ihm die Luft rausgelassen. Erst hieß es: vier Wochen. Dann sechs. Und dann waren drei Monate rum. In dieser Zeit hat uns Opa jeden Tag besucht und Mama und uns geholfen, wo es nur möglich war.

Nach drei Monaten stand Papa zum ersten Mal wieder vor der Tür. Wir hatten ihn ein ganzes Vierteljahr nicht gesehen, denn er wollte allein sein. Mama sagte uns, er müsse jetzt allein sein, damit er wieder gesund werden könne. Schwer vorstellbar. Wenn ich krank bin, freue ich mich über den Krankenservice von Mama, immer gibt's mein Lieblingsessen, und ich kann den ganzen Tag lang tun, was ich will, all die Dinge, bei denen sonst gleich gemeckert wird. Wenn ich krank bin, würde ich sicher nicht monatelang allein sein wollen.

Jedenfalls, jetzt stand er auf der Matte, wie ein Fremder. Wie ein Zweig im Wind. Nelly und ich haben ihn erst mal nur groß angeschaut, dann sind wir zu ihm hin und haben ihn umarmt. Ich habe geglaubt, er heult gleich los, so wie er gezittert hat, aber es war einfach Freude. Auch Mama hat sich gefreut und hat ganz vorsichtig mit ihm geredet, so als wäre er krank. Dabei war er doch nicht krank, er musste sich bloß erholen, das war alles. Richtig erholt sah er aber noch nicht aus, und so ist er auch nur eine Stunde geblieben.

Als er gegangen ist, hat er geheult. Glaube ich. Von hinten kann man das nicht sicher sagen, ich glaube aber, dass ich mich nicht getäuscht habe.

Ich dachte immer, Mama müsste bloß wieder heimkommen und alles wäre wie früher. So kann man sich täuschen.

Aber ich will nicht rumjammern, zwei Wochen später war Papa wieder da, und Mama musste das erste Mal seit über fünfzehn

Monaten nicht allein in ihrem Bett schlafen. Am nächsten Tag ging er wieder in die Klinik, und dort blieb er noch zwei Monate. Wir besuchten ihn von da an einmal in der Woche. Seit dieser Zeit ist er mal in der Anstalt und mal zu Hause. Geschrieben hat er keine Zeile mehr, aber er sagt, er will das jetzt bald wieder machen.

Er sagt aber auch, er will nie wieder so sein wie früher. Und er will auch nie wieder über Nazis und solche Idioten schreiben, nur damit er bei den Kritikern gut dasteht. Nur noch Sachen, die sein Herz bewegen. Und er sagt, er will jetzt auf alles pfeifen, was ihn früher so fertiggemacht hat. Wenn er davon redet, klingt er nicht wie Papa, sondern eher wie ein Jugendlicher.

„Scheiß auf alles." Ich schwöre, das hat er gesagt. „Scheiß auf alles. Auf die Bank, auf die Sorgen, auf das, was die anderen denken."

Auf alles eben. Also, wenn ihm das hilft, da bin ich dabei, kein Problem. Er hat bei den Psychos offenbar alte Träume ausgekramt und will jetzt alles nachholen, was er nie gemacht hat, weil er geglaubt hat, alles andere wäre wichtiger. Reisen und so. Und leicht leben. Klingt alles prima, wenn mich einer fragt. Veränderungen stehen an. Das fühlt sich komisch an, aber irgendwie fühlt sich das Neue auch gut an, auch wenn man nicht weiß, was daraus wird.

Gelernt hab ich auch was aus der Geschichte mit Papa. Dass er ein Mensch ist. Ein echter Mensch. Und nicht nur ein Vater. Dass es nicht selbstverständlich ist, ihn zu haben. Und eines weiß ich auch. Dass ich ihm helfen werde, wieder in die Spur zu kommen.

Ob wir das Haus behalten können, wissen wir noch nicht sicher. Wie es aussieht, bekommen wir einen Batzen Geld für Mama, Pflegegeld und so, und auch die Bank ist zurückgerudert. Die wollten keinen Wirbel, sagt Papa. Nachdem jeder von Mamas „Wunderheilung" in der Stadtzeitung gelesen hatte (sie haben auch Fotos von ihr gebracht, so wie sie früher ausgesehen hat und ein Foto von heute), ist das nächste Wunder angetanzt.

Gunnar von der Bank stand vor der Tür, mit Blumen und der frohen Botschaft, dass man schon einen Weg finden werde, wie er das nannte.

Wie auch immer, Mama und Papa nehmen das Haus jetzt anscheinend ohnehin nicht mehr so arg wichtig. Vor allem Mama scheint das ziemlich egal zu sein, ob wir rausmüssen oder nicht. Sie wird jetzt manchmal ziemlich pathetisch. Wäre Winnetou Lebensberater, würde er auch solche Sätze vom Stapel lassen wie Mama, während er in den Sonnenuntergang reitet. Sie sagt jetzt manchmal so Sachen wie:

Kinder, wir leben! Und wer lebt, hat die verdammte Pflicht, glücklich zu sein!

Das hat sie mal wortwörtlich so verkündet und dabei ein Sektglas in die Höhe gestemmt. Der Sekt ist aus dem Glas in die Luft gehüpft und auf dem Boden gelandet. Das war ihr völlig egal! Hätte es früher nicht gegeben. Früher wäre sie sofort nach dem Putzlappen gelaufen. Den Rest, der noch im Glas war, hat sie geleert. In ihrer neuen, nuscheligen Sprache hat sie dann gesagt: „Und glücklich, das werden wir. Und wenn es das Letzte ist, was wir werden."

Solche Minuten daheim sind für Papa sicher besser, als wochenlang bei den Psychos rumzusitzen, Beruhigungsmittel zu schlucken und zu grübeln. Ich glaube, das sieht er jetzt auch so, weil er wieder bei uns einziehen will, und zwar richtig.
Wenn uns das recht wäre. Was für eine Frage!
Gestern hat er uns das gefragt, und Mama und er haben sich dann in den Armen gelegen und sich die Wangen nassgeheult. Wie zwei Kinder, die sich verloren haben, sich fremd geworden sind, aber auf ein neues Glück hoffen.
Nelly hat die Augen verdreht und Jo hat ihr die Hand gedrückt.

Und ich hab gewusst, jetzt ist die Sache geritzt. Geheult habe ich nicht, es sei denn, man kann innerlich heulen, weil in meiner Brust und im Bauch, da hab ich schon was gespürt, was sich wie Heulen anfühlte. Aber egal, zum Glück sieht man das nicht.

Thomas Hartl

Thomas Hartl ist Schriftsteller, Autor und Journalist. Der Doktor der Rechtswissenschaften hat seinen alten Beruf hinter sich gelassen und schreibt nun über die Dinge, die ihm unter den Nägeln brennen. Nach mehreren veröffentlichten Büchern für Erwachsene ist „Fauststarker Herzschlag" sein erstes Jugendbuch und von seinem Sohn Lukas inspiriert.

Mirjam Zels

Geboren 1989, Ausbildung in Illustration in Dresden, Nürnberg, Hamburg und Tel Aviv. Sie liebt neue Abenteuer, die großen und kleinen Fragen des Lebens und ihr Fahrrad, auf dem ihr immer die besten Ideen kommen. Wenn Mirjam Zels nicht durch die Welt reist, um Geschichten zu sammeln, lebt und arbeitet sie als Illustratorin und Autorin in Hamburg.

Impressum

© kunstanstifter, 2021
kunstanstifter GmbH, Mannheim
Alle Rechte vorbehalten. Das Werk darf – auch teilweise – nur mit Genehmigung des Verlages wiedergegeben werden.

Text: Thomas Hartl
Illustration und Buchgestaltung: Mirjam Zels
Lektorat: Nele Sell
Druck & Bindung: Druckerei Thieme, Meißen

Papier: Fedrigoni Arena 120g
Schrift: Charter

Hergestellt in Deutschland

Erste Auflage 2021
ISBN 978-3-942795-98-2
www.kunstanstifter.de